双葉文庫

照れ降れ長屋風聞帖【四】

# 富の突留札

坂岡真

目次

※本書は２００５年11月に小社より刊行された作品に
加筆修正を加えた「新装版」です。

# 供養蕎麦

## 一

文政五年（一八二二）、冬至。

鉄砲洲から南の岸辺には薄衣のような雪が積もっている。

朝未き江戸湾に朗々と響く寒声は、謡曲の『高砂』であろうか。

「高砂やこの浦舟に帆をあげて、この浦舟に帆をあげて、月もろともにいでしおの、浪の淡路の嶋かげや……」

なかなかの名調子だ。沖釣りの小舟のほうから聞こえてくる。

小舟は舳先を大川の河口へむけていた。

左舷のさきに石川島がぼんやりみえる。

色の濃淡が鮮明に分かれるあたりが川と海の境目だ。

「……遠く鳴尾の沖すぎて、早や住の江につきにけり、早や住の江につきにけり」

しかつめらしい顔で唸りつづけているのは、ぼさぼさの総髪に無精髭を生やした四十男である。五年前までは上州富岡の七日市藩で殿様警護の馬廻り役に任じられていたが、その面影は微塵もない。藩も故郷も捨て、浪々の身となった。

名を、浅間三左衛門という。

今は日本橋堀江町の照降長屋に住み、十分一屋（仲人業）を営む子持ちの年増に食わせてもらっている。

貧乏長屋の連中からは「甲斐性なしの二本差しの目刺し男」などと莫迦にされつつも、いつもにこにこ笑っていた。周囲の評判などいっこう気に掛けず、趣味の投句と釣り三昧の日々を送りながら飄々と生きている。

「高砂やこの浦舟に帆をあげて、この浦舟に帆をあげて、月もろともにいでしおの、浪の淡路の嶋かげや……」

櫓を漕ぐ船頭など、眼中にない。波音を伴奏に唸ってみせるだけのこと、気兼ねなしに謡の稽古ができるのは海のうえだけだ。

「旦那、寒声の腰を折ってすまねえけど、もうすぐ陸へ着きやすぜ」

「ん、さようか」

「なんぞ、おめでたでもごぜえやすんですかい」

「商売、商売、昨今の十分一屋は祝言の座興もやらねばならぬのよ」

「旦那はどう眺めてもお侍えにしか見えやせんが、十分一屋をやっていなさるので」

「わしではない、やっておるのはおまつだ」

「もしや、照降長屋のおまつさんですかい」

「そうだが」

「するってえと、旦那は三左衛門とかいう居候のひも……おっと、口が滑っちまった」

「ふん、そのとおり、わしは居候のひも野郎さ。なぜ、知っておる」

「偶さか、姪っ子がおまつさんのお世話になったもんで」

「姪っ子がなあ」

「祝言で高砂を唸ったのは米寿の爺さままでやしたがね、中途で入れ歯が落ちて高砂どころじゃなくなった」

満座は爆笑の渦となったが、花嫁は泣いていたという。

「それよそれ、下手糞な素人に謡わせたら祝言は台無しになる。そうさせまいとする親心でな、高砂を唸るだけで祝儀にありつけるのだ」

「いかほどのご祝儀で」

「金一分」

「それなら、あっしでもやりやすぜ」

「であろう」

やがて、小舟は築地明石町の船着場へ鼻を差しいれた。

「旦那、すぐそのさきが寒さ橋でさあ。彦八の夜鷹蕎麦はちょうど今時分、橋のそばを流しておりやしょう」

「ふむ、ありがとうよ」

「礼を言うのはこっちでさあ。朝っぱらから良い咽喉を聞かせてもらいやした」

皮肉まじりの褒めことばに顔をしかめ、三左衛門は三百文の船賃を払った。

腰にさげた魚籠に獲物は一尾もいない。鮗か、あわよくば甘鯛を釣りあげようとおもったが釣果は無し。老いた船頭は同情してくれ、美味いと評判の蕎麦の担ぎ屋台を教えてくれた。

「彦八の蕎麦は供養蕎麦と呼ばれておりやしてね」

「供養蕎麦」

「へえ、寒くなると道端に夜鷹どもの屍骸が転がりやすでしょ。そいつを供養するためだとか、何十年もめえに病で亡くした恋女房を供養するためだとか、そんな噂もありやすが、はっきりした由来は知りやせん」

「なにやら、辛気くさい蕎麦屋だな」

「味は天下一品ですぜ」

寒さ橋とは、築地明石町と南飯田町を繋ぐ明石橋の俗称である。

彦八の夜鷹蕎麦は一晩中、牛込、四谷堀、愛宕下、京橋、采女ヶ原など夜鷹の出没する界隈を彷徨き、東の空が白々と明ける卯ノ刻（午前六時）になると、かならず寒さ橋へやってくる。

橋むこうを透かしてみれば、なるほど、それらしき軒行燈が揺れていた。

暖かそうな湯気が、看板代わりに濛々と立ちのぼっている。

三左衛門は釣り竿を肩に担ぎ、寒さ橋を渡りはじめた。

海から吹きつける突風が、綿入れの裾を捲ってゆく。

俗称どおり、橋のうえは尋常な寒さではない。

自然、早足になった。

「うう、寒(さぶ)っ」

三左衛門は屋台へ駈けこむなり、ぶるっと肩を震わせた。

「親爺(おやじ)、かけを一杯くれ」

「へい」

小柄な彦八が胡麻塩頭(ごましおあたま)を振りむけた。

目尻の皺(しわ)から推(お)せば、還暦(かんれき)は過ぎていよう。

「旦那、寒釣りですかい」

「ご覧のとおり、坊主(ぼうず)さ」

魚籠をもちあげると、彦八は悲しげに笑った。

「熱燗(あつかん)でもいかがです」

「貰おう」

「しめて二十八文になりやすが」

「よしきた」

三左衛門は、猫板に波銭(なみせん)を積みあげた。

出された燗酒を、置きつぎで呑みはじめる。

蕎麦湯の匂いを肴に呑むと、からだがぽかぽか暖まってきた。

「へい、お待ち」

とんと出された丼を拾い、ずるずるっと蕎麦を啜る。

「美味いな、うん、たしかに美味い」

彦八は愛想笑いを泛べるでもなく、奥へ引っこんでしまう。

丼底の汁まで呑みつくしたところで、つっと後ろから袖を引かれた。

「旦那、遊んでよ」

声を掛けてきたのは、化粧の濃い女だ。

「わるいな、ほかを当たってくれ」

「いいでしょ、ちょっとくらい、うふふ」

女は口に手を当て、上目遣いに笑った。

おおかた、前歯が抜けているのだろう。

よくみれば、五十過ぎの夜鷹であった。

鼻のわきに小豆大の黒子がある。

「しょうがねえな」

三左衛門は鳥目（穴あき銭）を一枚取りだし、あかぎれの手に握らせた。

「ふん、莫迦にするんじゃないよ」

夜鷹は鳥目を握って悪態を吐き、辻の暗がりへ消えていった。

彦八がぬっと顔を出し、喋りかけてくる。

「あれはおこう、可哀相な身の上の女です」

呑んだくれの亭主が借金を返済できず、おこうは岡場所へ売られた。

「罰当たりの亭主はすぐにおっ死に、親類に預けられた幼子ふたりも病で死んじまった」

やがて、おこうは年季明けを迎え、ようやく苦界を逃れたものの、岡場所出身の女にまともな働き口などあろうはずもない。落ちたさきは、辻々で男を漁る商売だった。

「ま、てえげえの夜鷹は似たようなもので」

「そうだろうな」

「おこうは横根（梅毒）でしてね、太股んとこに痼りがありやす」

「みたのか、親爺」

「ええ、みせてもらいやしたよ。あのぶんじゃ、もうすぐ鼻が欠けやしょう」

「そうなりゃ仕舞(しま)いだな」

菰(こも)にくるまった屍骸がひとつ、凍(い)てついた路傍に転がる。

「そんでも、ばっさり殺(や)られるよりか、ましかもしれねえ」

「どういうことだ」

「辻斬(つじぎ)りでやすよ。采女ヶ原に愛宕下、ここんとこ行く先々で立てつづけに夜鷹が斬られやしてね」

「行く先々で」

「ええ、まあ」

彦八はなぜかお茶を濁し、目を伏せた。

三左衛門は気にも留めない。

「物騒な世の中だな」

「弱え連中は黙って死んでいくしかねえ。そんな世の中はまちがっておりやす」

鬼気迫る形相(ぎょうそう)で切りかえされ、三左衛門はわずかに驚いた。

「親爺さんの言うとおりだ」

「旦那、もう一本、おつけしやしょうか」

「ああ、そうしてくれ」

三左衛門は調子に乗り、すすめられるがままに酒を呑みつづけた。

「ところで、親爺さんの蕎麦は供養蕎麦と呼ばれておるらしいな」

「へへ、誰がそんなことを」

「誰でもいいさ。由来を教えてくれ」

「他人様に聞かせるほどのことじゃ、ありやせん」

「よいではないか。死んだ夜鷹たちを供養しておるのか」

「それもありやす」

「ほかには」

「死んじまった女房のために」

みずから、蕎麦を打っているのだという。

「こっぱずかしいはなしでやす」

「なるほど、聞いちゃわるかったかな」

「いいえ、もう二十四年になりやすから」

「二十四年か……長いな」

「長えような短えような……あたしらにゃ娘がひとりおりやしてね、父親がろくでなしなもんだから、その日の飯にも困っておりやした。忘れもしねえ、今から三十年前の師走晦日、親子三人で空きっ腹を抱え、蕎麦の担ぎ屋台に飛びこんだんです。一銭も金がねえと拝んだら、親爺さんは月見蕎麦を一杯こしらえてくれやした。月の出てねえ晩だから、せめて汁のうえにお月さんを浮かべてやったと、親爺さんは九つの娘に笑いかけてくれやしてね」

　そのとき、ひとくちだけ啜った蕎麦の味が忘れられず、十数年後、彦八は蕎麦の担ぎ屋台をはじめた。

「女房は死に、悔いだけが残りやした。九つの娘はどうしたのかって、旦那はそいつを聞きてえようだが、じつはあっしにもわからねえんだ。生きているのか、死んでいるのか……それさえも」

　三左衛門は詮索するのをやめた。

　他人に知られたくない事情があるのだろう。

親爺も素面ではない。こちらに背をむけては、こっそり冷や酒を呷っている。

「旦那、そりゃ血を分けた娘だからね、生きてりゃ逢いてえにきまってる。でも、どの面さげて逢えばいいってんです」

　問うてもいないのに、彦八は勝手に管を巻きはじめた。

「くそっ、逢えるわけがねえんだ」

逢えないのはわかっているのに、屋台を担いで町じゅうを彷徨きながら、それとなく娘の面影を探している。

三左衛門は哀れな親爺の皺顔を直視できず、ただ、安酒を啖（くら）いつづけた。

したたかに酔っぱらい、やがて、どうやって帰ってきたのかもわからぬまま、照降町の露地裏へたどりついた。

そこでようやく、釣り竿を置き忘れてきたことに気づかされた。

二

長屋の軒から、炊煙（すいえん）が立ちのぼっている。

おまつは紅の付いた火吹竹（ひふきだけ）を竈（かまど）の脇に立てかけ、姉さんかぶりの手拭いを脱いだ。

胸元から、豊かな胸のふくらみがのぞいている。

首は細長く、肌は脈が透けてみえるほど白い。

襟足（えりあし）に垂れた後れ毛（おくげ）を凝視（みつ）め、三左衛門は小さく溜息を吐いた。

安酒の酔いがまだ残っているせいか、飯の仕度をする三十女が妙に色っぽくみえる。

「何だろうねえ、昼間っから。おまえさん、目つきが尋常じゃないよ」

「ん、そうか」

戸口から、炙り魚の匂いが漾ってくる。

隣人が七輪で青魚を炙っているらしい。

「鯵だな」

涎が出た。

が、昼餉の膳にはのぼるまい。

鯵は炙ると死臭を発するので、すぐにそれとわかる。切腹の儀礼で用いるために「腹切魚」とも呼ばれ、侍は例外なく嫌うはずだが、三左衛門はまったく気にも掛けなかった。

炙っても酢じめにしても、鯵はじつに美味い。

「残念でした。おかずはありませんからね」

「香の物と味噌汁があればいいさ」

強がりを吐くと、おまつに溜息を返された。

「釣りに行っても釣果は無し、おまけに釣り竿まで置き忘れてきただなんて、間抜けにもほどがあるよ」

と、そこへ、頰を紅く染めたおすずが、手習いから飯を食べに帰ってきた。

「ただいま」

「あら、お帰り」

「おっかさん、角玉屋の紅を買うて」

「藪から棒に何を言ってんだろうねえ、この娘は」

「寒の紅は薬になる。唇の皹割れが治るんだって」

「誰だい、八つの娘にそんなはなしを吹きこんだのは」

「お師匠さまだよ」

「余計なことを。あとでねじこんでくれようかね」

「紅を買うてはくれないの」

「あたりまえだろう。角玉屋の紅といえば、ちったあそっとじゃ手の出せないお品だよ」

「一朱もあれば特上のお品が買えるって」

「お師匠さまが言ったのかい。まったく、しょうがないねえ」

おまつはついと立ちあがり、竈のほうへむかった。

「つまんないの」

可愛げに口を尖らすおすずは、おまつが嫁ぎ先の紺屋でもうけた娘だ。浮気性の亭主に愛想を尽かして三行半を書かせたのち、いっしょに実家へ連れもどった。

それが五年余りまえのこと、不幸はかさなるもので、日本橋の目抜き通りに店を構えた糸屋の実家は潰れ、そのうえ、おまつは双親を病気で失い、幼いおすずを抱えて途方に暮れた。

三左衛門と誼を交わすようになったのは、ちょうどそのころである。

やがて、三人は九尺二間の貧乏長屋で肩を寄せあうように暮らしはじめた。

おすずがおまつの目を盗み、媚びたように囁きかけてくる。

「おっちゃん、紅を買うてくれない」

「無理を言うな」

金がない。

三左衛門が首を横に振ると、こまっしゃくれた娘はあかんべえをした。

年月とは恐ろしいものだ。子供は気づかぬまに、ぐんぐん育つ。

考えてみれば、おすずとは五年もひとつ屋根の下で暮らしてきた。ほんとうの父娘も同然の仲だが、たがいに遠慮しあっている部分もある。それが証拠に、おすずは「父上」とも「おとっつぁん」とも呼んでくれた例しがない。「おっちゃん」と呼ばれるたびに、三左衛門は甲斐性のない自分に腹を立てた。

まともな稼ぎさえあれば、立派な祝言もあげられよう。みなに祝福され、おまつは良い伴侶にめぐりあえたと褒められ、そうなれば、おすずからも父親として認めてもらえるにちがいない。

が、夢のような出来事を描いても詮無いはなしだ。

四十を過ぎて、新しい商売をはじめるのは難しい。

ましてや、一攫千金の夢が簡単に叶う世の中ではなかった。

藩士の身分を捨てた浪人にできることは、かぎられている。

雨の多い季節は傘張り、夏は虫籠作りに扇の絵付け、今時分ならば雪駄を直したり楊枝を削ったり、あるのは鼻糞程度の稼ぎにしかならぬ内職仕事だけ。

もっとも、剣術におぼえのある侍ならば、矢場や鉄火場の用心棒という手もないではない。それなら、内職の手間賃よりは数段、実入りは良かった。

長屋では「目刺し男の刀は赤鰯」などと、子供にまで莫迦にされている。

が、じつは三左衛門、長らく禄を食んだ七日市藩では「富田勢源（富田流中興の祖）の再来」とまで称された小太刀の達人だった。

その気になれば、金を稼ぐことはできる。

しかし、どれだけ貧乏で惨めなおもいをしても、用心棒を稼業にする気はない。

まんがいち、他人を殺めることにでもなったら悔いがのこる。ひとたび修羅道に堕ちたら最後、這いあがるのは容易でない。それがわかっている。人を斬れば、おまつやおすずを悲しませることにもなろう。

三左衛門は、今の境遇に満足していた。おまつとおすずにめぐりあえた自分は、誰よりも強運の持ち主だとおもっている。

おまつは箱膳をまえにし、箸ではなく口を動かした。

「おまえさん、例の件はどうなさるの」

「例の件」

「お忘れかい。八尾さまに泣きつかれた懸想文の件だよ」

「おう、それか」

「お願いするなら、早いとこしちまわないと」

「あてはあるのか」

「あたしゃ十分一屋だよ。それ専門の代書屋くらいは存じておりますけどね、どうも気がすすまない」

「なぜ」

「他人の筆になる恋文だからね、相手を騙しているのとおなじじゃないか」

「誰が書こうと、恋情が伝わりゃいいのさ」

「おや、おまえさんておひとは、そんなちゃらっぽこな男だったのかい」

おまつは箸を置き、まっすぐに凝視めかえしてくる。

「ちょっと待て。これはわしのはなしではないぞ。恋に不器用な不浄役人が焦がれるような恋情を相手に伝えたい、どうしても伝えたいので相談に乗ってくれと、恥をしのんで頼みこんできたのではないか」

「ほかならぬ、恋病み半四郎一世一代の頼み事、それを今さら、どうして断れようか……なんだか、芝居掛かっているねえ」

八尾半四郎は先月、南町奉行所の廻り方から奉行直属の用部屋手付同心となった。来年は年齢も二十八、昇進を機にこの際、身を固めようと考えている様子なのだ。

「おまつもその耳で願いを聞いたはずだぞ。仲人としての立場もあるし、ひとはだ脱ぎましょうと申したではないか」

「忘れてやしませんよ。でも、誰かに懸想文を頼んだことが知れたら、雪乃さまはお怒りになるだろうね」

「そのときはそのときさ」

雪乃は、おまつが半四郎と見合いさせた相手だ。

年齢は二十一、商家の娘という触れこみだったが、じつは元徒目付楢林兵庫の娘で、可憐な外見とはうらはらに、父の命で隠密働きをしていた。

神無月の吉日、見合いは元数寄屋坊主の営む茶室でおこなわれた。ところが、半四郎は酒問屋の内儀殺しを探っており、雪乃のほうは加賀藩の抜け荷を追っていた。元数寄屋坊主は善人の皮をかぶった悪党で、ふたつの件に深く関わっていたのだ。

双方とも思惑があってのこと、最初からその気がないのだから、見合いが成功するはずもない。

にもかかわらず、半四郎は雪乃にひと目惚れしてしまった。

「雪乃さまは弓の名人なんですってねえ」

「ああ、別式女といってな、加賀藩の奥女中たちに薙刀を教える指南役までやっておったらしい」

「淑やかそうにみえるのに」

ふつうの男なら及び腰になるところだが、半四郎は雪乃の猛々しさを好んだ。

「惚れちまったら最後、どんな手段を講じてでも相手を振りむかせたい、頑なであればなおさら振りむかせようと躍起になる、それが男というものだ」

「恋情ってものは、自然に伝わるものだとおもうけど」

「あのふたり、意地っ張り同士だからな、抛っておけば進展はのぞめぬ」

おすずが箸を止め、このところの癖なのか、口をつんと尖らせた。

「おっかさん、懸想文ってどんなもの」

「ふふ、聞きたいかい」

おまつはやおら立ちあがり、神棚の奥から黄ばんだ紙を携えてきた。

嫌な予感がする。

「おすず、これはね、おっかさんを好いたおひとから頂戴した懸想文だよ」

「おっかさんを好いたおひとって、おっちゃんのこと」

「ふふ、さわりだけ読んであげるからね」

「おい、待て」

慌てて手を伸ばすと、おまつはさっと身を逸らし、早口で文面を読みはじめた。

「御屋敷にて御身を拝しまいらせ候ときより、身を焦がす恋情は募るばかり、御身をおもい患うて半月余り、飯を食っても風呂に入っても心此処にあらず……」

「やめろ、おまつ」

三左衛門は、真っ赤になって怒りだす。

その様子を、おすずはおもしろがった。

「おっかさん、身を焦がすってどういうこと」

「女のひとが好きで好きでしょうがなくなるってことさ」

「へへえ」

おすずは感心したかとおもえば、腹を抱えて笑いころげ、弾んだ手毬のように外へ飛びだしていった。

「手習いにもどっていったよ。わたしも出掛けなくちゃね」

おまつは片付けを手早く済まし、衝立のむこうで紋付に着替えはじめた。

「おまえさん、ちょいと留守にしますよ」

「得意先廻りかい」

「ええ、仲人商売は草鞋千足（わらじせんぞく）、まめに歩いてまわらないと」

「ところで、懸想文は誰に頼む」

「おきよさんだよ。ほら、玄冶店（げんやだな）で女祐筆（おんなゆうひつ）の看板を掲げている」

「十九の娘がおったな」

「おまえさんにしちゃ、よく憶えていなすったね」

「岡場所出身の女祐筆のはなしは、耳に胼胝（たこ）ができるほど聞いたからな」

「そうでしたっけね」

「十九の娘と申すのは、母親が岡場所で必死に育てあげた父（てて）無し子だったな。おぬしは説明しながら、洟水（はなみず）を啜っておったではないか」

「おみなちゃんといってね、若い錺職（かざりしょく）と所帯をもつことになったんだよ」

「ほう」

「仲人を頼まれちまってね」

「何だ、そういうことか」

「おまえさん、祝言では高砂を唸ってもらいますよ」

「唸ってもよいが、祝儀はあるのか」

「野暮なことは言いなさんな。若いふたりのためでしょ」

謡の稽古でもしていてくれと言いのこし、おまつはそそくさと外へ出た。

命じられたとおりに背筋を伸ばし、さっそく低い声で唸りだす。

「高砂やこの浦舟に帆をあげて」

こほっと、咳きこんだ。

海上のようにはうまくいかない。

昼餉を済ませたばかりだというのに、彦八の蕎麦が恋しくなった。

三

八つ刻（午後二時）、三左衛門は釣り竿を探しに寒さ橋へむかった。

竿は五本継ぎの愛用品なので、蕎麦屋の親爺にくれてやるわけにはいかない。

寒さ橋に彦八はおらずとも、周辺を彷徨く夜鷹に聞けば所在はわかるであろう。みつけたら、こんどは月見蕎麦でも食うか、などと安直に考え、鎧の渡しから猪牙に乗った。

行く先まではさほど遠くない。

日本橋川を矢のように下り、霊岸島の手前で亀島川へ廻りこむ。

鉄砲洲稲荷を過ぎるころには、晴れていた空が一転して掻き曇り、木葉のような小舟は横風に大きく煽られた。

寒さ橋へたどりついてみると、欄干から見下ろすことのできる土手際に人だかりができていた。

「おい、何があった」

野次馬のひとりに糺せば、川から死体がひとつあがったという。

人垣を掻きわけて前へすすみでると、汀に筵が敷かれ、岡っ引きや小者のほかに見覚えのある同心が屈みこんでいた。

六尺豊かなからだに三つ紋付きの黒羽織を纏い、髷は小銀杏に結いあげている。

八尾半四郎であった。

不浄役人のくせに半鐘泥棒の綽名がある。鼻筋のとおった凛々しい風貌をもち、敢えて難点をあげれば屁が臭いことくらいだ。年は十四も離れているが、趣味の投句で意気投合し、親しい間柄になった。

「八尾さん」

「お、誰かとおもえば横川釜飯どの」

狂歌号で呼ばれたので、三左衛門は苦笑した。

衆目の面前で『屁尾酢河岸どの』と、半四郎の号を呼ぶわけにもゆかず、軽くあたまをさげる。

「身投げですか」

「いいえ、殺しですよ」

「殺し」

顎を突きだして歩みよると、捕り方の連中に胡乱な目をむけられた。

「いいんだ、通してやれ。その道の玄人だからな」

と、半四郎は笑う。

どの道の玄人なのか、糺してみたい気もしたが、やめておいた。

「ほとけをご覧になりますか」

「ええ、さしつかえなければ」

「構いませんよ」

半四郎はあっさり言い、筵を捲った。

もわっと、死臭がひろがった。

隣人の炙った鯵の臭気が甦ってくる。

仰臥した遺骸は折助風の男で、眸子も口もなかば開けていた。

首筋に二箇所、刃物でぱっくり断たれた痕跡がある。

傷口の周囲はどす黒く脹らみ、奥に白い骨がみえた。

「釜飯どの、いかがです」

「ふうむ、刀や匕首の金瘡ではなさそうだな。ご覧なされ、筋と骨の一部が潰れておる。薙ぎきったというよりも、真上から叩きつけたような金瘡です」

「なるほど」

「鉈か、出刃か、下手人が使ったのはそうした刃物でしょう」

「鋭いな、聞いておいてよかった」

「ほとけの身許は」

「仙三に調べさせてますよ」

廻り髪結いの仙三は、半四郎の手下でもある。そもそもは柳橋で茶屋を営む金兵衛の子飼いで、男っぷりが良く、なかなか役に立つ男だ。

「寒さ橋の欄干が血で濡れておりましてね」

男は橋の上で斬られ、川へ落とされた。本来なら海へ流されるところだが、偶さか汀から幹を伸ばした枯木に引っかかった。遺体の損傷具合から推すと、斬られてから一日も経っていないと、半四郎は説明する。

「おおかた、卯ノ刻あたりでしょうな」

卯ノ刻といえば、三左衛門も寒さ橋を渡っていた。

彦八の屋台へ駈けこみ、美味い蕎麦を啜り、供養蕎麦の由来に耳をかたむけていたころだ。

屋台に一刻（二時間）余りはいたが、不審な物音は聞かなかった。

次第に夜も明けてきたころだし、屋台と橋はさほど離れてもいなかったので、何かあれば気づかぬはずはない。となれば、殺しがあったのは、三左衛門が橋を渡る直前あたりという公算が大きくなる。

ひょっとすると、彦八は殺しを目撃したのではないか。

いや、それはあるまい。

三左衛門は首を振った。

殺しを目撃した者が、あれほど美味い蕎麦をつくれるはずはない。

「釜飯どの、どうなされた」

半四郎の顔が鼻先にあった。

「あ、いや」

「もしや、卯ノ刻に寒さ橋を渡っておられたとか」

「え、へへ、まさか」

「そうですよね」

三左衛門は、苦しまぎれに話を変えた。

「しかしどうして、八尾さんが出ばってこられたのです。いまや、あなたは奉行直々の命でなければ、下手に動けぬはずだ」

「お奉行の下知ですよ。世間を騒がす辻斬りの下手人を割りだせという」

「辻斬りと折助殺しは繋がっておるとでも」

「なにせ、つい先日も采女ヶ原で辻斬りがあったばかりですからね」

采女ヶ原といえば目と鼻のさき、彦八も言っていたとおり、殺されたのは夜鷹であった。

「臍下を真横にまっぷたつ。酷いほとけでしたよ」

「胴がまっぷたつか。それじゃまるで様斬りだな」

「様斬りか。なあるほど、その線もあるな」

半四郎はひとりで頷き、じっと考えこんだ。

三左衛門は半四郎に誘われ、柳橋の茶屋『夕月楼』へ足をむけた。

主人の金兵衛も投句仲間で『一刻藻股千（いっこくもまたせん）』という妙ちきりんな号をもっている。

「これはこれは、お久しゅうございます」

金兵衛は福々しい顔をほころばせ、ふたりを二階座敷へ招いた。

酒肴（しゅこう）がはこばれてくると、三左衛門はだらしなく頰をゆるめた。

さっそく、半四郎が糺してくる。

「釜飯どの、お誘いした理由はほかでもない、例の懸想文の件だが、あれは」

「ご案じなさるな。ほどなく出来上がってまいりましょう。何か」

「じつはやめようかと」

「今さら何を仰（おっしゃ）る」

「雪乃どのを騙すようで気が引ける」

「ご自身の口から告白なさると仰る」

「そんな自信はない」

「懸想文も出さず、告白もできぬ。それでは埒（らち）があかぬ」

三左衛門の口調は怒っている。

ここぞとばかりに、金兵衛が口を挟んだ。

「終わりなき恋の闇路を彷徨うて、屁を放ることもお忘れになり。屁尾酢河岸どのの恋病みは癒えるどころか、深まるばかりですな」

「冷やかすのはやめてくれ」

「いっそ、あきらめたらいかがです」

「なに」

「雪乃さまは恐ろしい女子、八尾さまを褄白の矢にて射抜こうとした猛女ですぞ」

半四郎は探索中、洲崎の加賀藩蔵屋敷に忍びこんで捕まり、磔柱に縛られた。悪党どもは座興と称し、おなじく捕縛していた雪乃に弓を引かせようとした。父親の命を救うためには、半四郎を射殺さねばならぬ。雪乃はふたつにひとつの選択を迫られた。

「さあ、お立ちあい。選ぶべき道はひとつ」

雪乃は半四郎に狙いをさだめ、重籐の弓を引きしぼった。

三十間さきの柿をも射抜くと評判の技倆ならば、よもや的をはずすことはあるまい。

矢は精緻な軌跡を描き、半四郎の心ノ臓を射抜いた。

と、誰もがおもった瞬間、わずかに逸れて地に刺さった。

はたして、矢は偶然に逸れたのか。それとも、雪乃が意図したものであったのか。

「助けにむかわれた浅間さまは、その場に立ちあわれた唯一のお方。あらためてお聞きしますが、どうおもわれます」

「のちに、雪乃どのは意味ありげに微笑みながら、あれは心ノ臓を狙ってはずれたのだと申された。なれど、そうはおもわぬ。あきらかに、あれは狙ってはずしたのだ。雪乃どののほどの名人ならば、それくらいの芸当はできる」

「八尾さま、脈ありですな」

「さようかのう」

金兵衛が元気づけようとしても、半四郎の表情は冴えない。

「なにせ、雪乃どのは、おれに冷たい」

「好いておるがゆえに、頑なになっておられるのかも」

「女心は難しい。なにやら面倒臭くなってきた」

「されば、あきらめますか」

金兵衛は半四郎の天の邪鬼な性分を知っているので、わざと煽りたてる。

「この際、すっぱりあきらめるのも、男児の道ですぞ」

「いいや、あきらめぬ、意地でもな」

「うほほ、その意気です。おふたりが何とかうまくゆかれるよう、陰ながら応援いたしますぞ。ねえ、浅間さま」

「無論だ」

「されば浅間さま、前句付けをひとつお願い致します。よろしゅうござるか」

突然の申し出に、三左衛門は襟を正した。

「はい、どうぞ」

「未練ぶらさげ恋路を走る。いかがです」

「ふうむ」

腰窓から外を眺めれば、夕暮れの町に風花が舞っている。

三左衛門は、無精髭の生えた顎を撫でた。

「浮かびました」

「お、さすがにお早い。聞きましょう」

「雪降りて止むに止まれぬこの気持ち、未練ぶらさげ恋路を走る。横川釜飯拝」

「すばらしい」

金兵衛は嬉しそうに手を叩いてみせたが、半四郎はむくれている。

「八尾さま、雪乃さまを抛っておいてはなりませぬぞ。懸想文でも何でも差しあげてみなされ」

「金兵衛の申すとおりかもしれぬ、そうしてみるか」

「では盃を」

三人は盃を同時に呷（あお）った。

金兵衛が盃を置き、三左衛門のほうへむきなおる。

「さて、雪乃さまを抛っておかぬといえば、お奉行さまも例外ではござらぬ」

「ほう、いかがしたのだ」

抜け荷に関わった悪党どもが楢林父娘の活躍で一掃されたのち、南町奉行の筒（つつ）井紀伊守（いきいのかみ）は雪乃をえらく気に入り、自分の間者（かんじゃ）にしてしまった。待遇は隠密廻りとおなじで三十俵取り、病気の父親ともども八丁堀（はっちょうぼり）へ引っ越させたという。

「知らなんだ」

「驚かれましたか」

「ふむ、いささか」

半四郎が膝を乗りだしてきた。

「浅間さん、例の辻斬り、じつは雪乃どのも探索に関わっております」

「それなら」

と、すかさず、金兵衛が確信を籠めて言いはなつ。

「このたびの件で手柄をお立てになれば、きっと雪乃さまは振りむかれることでしょう」

雪乃が振りむけば、半四郎の恋病みは終わる。

終わってしまうのが、何やら惜しい気もした。

## 四

二日後、三左衛門はおまつにしたがい、玄治店へむかった。

恋文ができたので、女祐筆のもとへ取りにゆくことにしたのだ。

おまつに請われたからではなく、恋文を書いた本人の顔みたさに付きあった。

聞くところによれば、おきよは四十手前の美人で、所帯じみたところがまったく感じられない女だという。そのうえ、苦界で年季を積み、色事に長けた女とくれば、顔くらいは拝みたくなるのが人情だ。

「存外、おまえさんも物好きだね」

「八尾さんに聞かれたら困るであろう。恋文を書いたのはどんな女かと」

「失礼な、おきよさんは確かなお方ですよ」

たとい岡場所出身でも、いや、それだからこそなおさら、娘を十九まで立派に育てあげたことは尊敬に値すると、おまつは感嘆してみせる。

「それがどれだけ大変なことか、わたしには想像もできない」

玄治店は芝居町の東、元吉原の一角だけあって花街の艶めいた雰囲気がのこっている。しかも、棟割長屋の住人は女だけ、三味線や踊りを教授する者、花街の茶屋ではたらく者、隠居した商家の寡婦など、さまざまな女たちが身を寄せあって暮らしていた。

小金を貯めこんだ女も多く、近所には着物や装飾品を扱う小商いの連中が住んでいる。

おきよの娘おみながいっしょになる錺職の住まいも、斜め隣の高砂町にあった。

「高砂町といえば、おまえさん、咽喉の調子はどうだい」

「どんと来いだ」

「なら、安心だね」

おまつは粋な仕種で褄を取り、裏木戸を潜りぬけた。

雪道は踏み固めが甘く、随所で足をとられてしまう。

男手のない長屋の露地裏は、こんなものなのだろう。

「さあ、着いたよ」

おまつが指差すさきに、九尺二間の棟割長屋がつづいていた。

屋根にはうっすら雪が積もり、巳ノ刻（午前十時）なのに炊煙を立ちのぼらせた家もある。

照降町とおなじで見馴れた風景だが、どことなく艶めいて感じられるのは気のせいか。

「お邪魔しますよ」

おまつが腰高障子を開けると、伽羅の匂いに鼻を擽られた。

「あら、十分一屋の女将さん」

親しげに応じたのは、凜とした眼差しの美しい娘だ。

「おみなちゃん、おっかさんは」

「ちょっとそこまで」

「お買い物かい。だったら待たしてもらおうかね」

「どうぞ、お茶でもお淹れします」

「いいんだよ。上がり端で待たしてもらうから」

「でも」

おみなは困ったように、三左衛門を仰ぎみた。

二本差しの男を土間に立たせておくわけにはいかない、とでもおもったのだろう。

「気を遣わなくてもいいんだよ。こちらのお方は座っているよりも、立っているほうがお好きなのさ、うふふ」

こうした扱いには馴れているので、腹も立たない。

おみなは茶を淹れると、母親を呼びに外へ飛びだした。

「おまえさん、おきよさんに余計なことを訊くんじゃないよ」

「わかっておる」

「他人様に言えないような苦労をしてきたんだからね」

「ああ、そうだろうよ。ところで、恋文代はいくらだ」

「二朱さ。相場よりちょっと高いけど、おきよさんの文は評判がよくってね、置屋からも商家からも引っぱりだこなんだよ」

客の大半は遊女らしいが、商家の旦那衆や武家の娘までふくまれているという。

もっとも、不浄役人からの依頼は、おきよもはじめてのことらしい。

「通り一遍の文面は、すぐに代書と見破られる。だから、送る相手、送られる相手のことを詳しく知りたいと、おきよさんは言うんだよ」

「教えたのか」

「教えましたよ、一から十まで、わたしの存じあげていることはぜえんぶ」

そうした会話を交わしているところへ、おきよが娘に伴われて帰ってきた。手にした食材のなかには、二股大根もまざっている。

「福来だね、おきよさん」

「神棚に飾ってお祈りするんですよ。おふたりがお幸せになるようにって」

ふたりというのは、半四郎と雪乃のことだ。

「さ、どうぞ、おあがりくださいな」

おきよに誘われ、おまつと三左衛門は履物を脱いだ。

「おっかさん、お針妙のお師匠さんのところへ行ってまいります。みなさま、どうぞごゆっくり」

おみなは土間でお辞儀をし、外に出て腰高障子をそっと閉めた。

「おきよさん、賢くて気だての良い娘さんだねえ」

「ありがとう。あの娘だけがわたしの生き甲斐さ」

「錺職のところへ嫁がせて、寂しくはないのかい」

「寂しいだなんて言ったら、罰があたりますよ」

「手塩に掛けて育てた娘なんだろう」

「だからこそなおさら、わたしの何倍も幸せになってもらわないと」

「お相手にはまだお逢いしていませんけど、おきよさんの眼鏡（めがね）に適（かな）ったおひとなら心配はいらないね」

「誠実を絵に描いたような職人さんですよ」

「それなら、早く祝言の日取りをきめないとね」

「おまつさん、いろいろとお願いすることになりますけど、どうか……どうか、よろしくお願い致します」

　おきよは頭を垂れ、涙ぐんだ。

「やめとくれよ、どうして涙なんか流すのさ」

「あの娘の花嫁姿を、おとっつぁんにみせてあげたいとおもったら、どうにも泣けてきてねえ」

「おとっつぁんって、おきよさんの」

「ええ、生きてりゃ六十三になります。博打打ちでねえ、鉄火場で喧嘩してきてはおっかさんを泣かし、箸にも棒にも掛からないろくでなしだったけど、優しいところもあるひとだった」

「いいのかい、わたしらなんぞが聞いちまっても」

「どうか、お聞きくださいな」

おきよは遠い目をしながら、みずからに言ってきかせるように語りはじめた。

「子供のころはいつもお金が無くって、お腹を空かしていたんです。忘れもしない、今から三十年前、わたしが九つのときの師走晦日、親子三人で空きっ腹を抱え、流しの蕎麦屋に飛びこんだんです。お金が足りなくって、それでも、おとっつぁんが娘のために一杯だけつくってくれと拝んだら、蕎麦屋の親爺さんが月見蕎麦をこしらえてくれたんですよ。月の出てない晩だから、せめて汁のうえにお月さんを浮かべてやったと、親爺さんはわたしに笑いかけてくれた。そのとき、食べた蕎麦の味が今も忘れられない」

三左衛門は膝を乗りだし、石のように固まっていた。

目の奥が痺れたようになり、おきよのことばがはっきり聞きとれない。

「おとっつぁんとは、二十四年前に生き別れになりましてね」

「生き別れって……二十四年もまえに」

「わたしを売ったんですよ」

「え」

「わたし、十五でおとっつぁんに売られたんです。それから、二十八まで岡場所で身を売っていたんですよ。でも、恨んでなんかいない。あのころ、おっかさんは胸を患っておりましてね、お医者も匙を投げて、でも、おとっつぁんはどうしても、おっかさんの病を治したくて、江戸じゅうの薬種問屋を駆けずりまわったんです」

　高価な薬を買うために借金をかさね、仕舞いにはそれが返済できなくなった。借金のかたに娘のおきよを奪われたのだ。

「三人で死ぬことも考えました。でも、ご近所にご迷惑が掛かるし、生きてさえいりゃ良いことがあるかもと励ましあい、生きちまった」

　三左衛門は彦八の顔を浮かべ、その口から洩れた台詞をおもいだしていた。

――女房は死に、悔いだけが残りやした。

彦八は労咳の女房を救うために、娘を売らねばならなかった。女房は死に、娘を売ったことの悔いだけが残ったのだ。

——旦那、そりゃ血を分けた娘だからね、生きてりゃ逢いてえにきまってる。でも、どの面さげて逢えばいいってんです。

案じることはない。娘はこうして、父親に逢いたがっている。

「おとっつぁん、どこかで生きているような気がして仕方ないんですよ」

「そうさ、生きているにきまっている」

「おまつさん、恋文を一枚書きあげるたびに、わたし、神さまに拝むんです。どうか、おふたりにご縁がありますように。そして、わたしにもご縁のおこぼれがありますようにってね。うふふ、厚かましいでしょう……あら、ごめんなさい、すっかりはなしこんじゃって、お待ちくださいね」

おきよはすっと立ちあがり、神棚から奉書紙を携えてきた。

「はい、こちらです。ご本人にお読みいただいてから、封締めをなさってくださいね」

「承りましたよ」

おまつは文の内容を聞こうともせず、奉書紙を胸の裡に仕舞った。

三左衛門は女たちに気づかれぬように、ふうっと溜息を洩らした。

半四郎の恋病みも癒してやりたいが、今は彦八とおきよのことで頭がいっぱいだ。

「それじゃ、おまつさん、娘のことはくれぐれも」

「おまかせくださいな」

胸をぽんと叩き、おまつは立ちあがった。

「さ、おまえさん、お暇しますよ」

「ん、そうか」

「そうかって、何を惚けてんだろうねえ、このひとは」

ふたりの掛けあいがおもしろいのか、おきよは袖で口を隠して笑った。

「おきよさん、祝言ではこのひとが高砂をやりますからね」

「それはそれは、よろしくお願い致します」

深々とお辞儀をされ、三左衛門は狼狽えた。

せめて、おきよの父親の名だけでも確かめたかったが、それもできず、おまつに首根っこを摑まえられるようにその場を去った。

外に出ると、風花がちらちら舞っていた。

今ごろ、彦八はどうしているのか。

筵に寝かされた折助の死に顔が脳裏を過り、不吉な予感にとらわれてしまう。

是が非でも、彦八を捜しださねばなるまいと、三左衛門はおもった。

五

三日経った。

供養蕎麦屋の行方は杳として知れず、焦りは募るばかりだ。

寒の入りとはよくいったもので、寒さはぐっと増し、信濃や越後から符帳を合わせるかのように『椋鳥』の群れが出稼ぎにやってきた。

椋鳥たちは江戸の隙間に住みつき、安い給金で番太や飯炊きをやる。

そうした連中のひとりが無惨にも、辻斬りの凶刃に斃れた。

「鳴りをひそめていたとおもったら、また、おっぱじめやがった」

半四郎は雪の衣を纏った笹叢に唾を吐いた。

三左衛門はその背にしたがい、殺しのあった鉄砲洲稲荷の裏手を歩んでいる。

「時刻は」

「明け方です。断末魔を聞いた者がいる」

「ほう」

「殺られたのは大食いのおしな（信濃出身者）で、名は岩吉、脂の詰まった腹を薙ぎ斬られていましてね、夜鷹殺しと同様の手口ですよ」

「下手人の目星は」

「ないこともない」

南町奉行宛てに匿名の付け文が届けられた。

「幕府の然るべき役職にある者を調べてみろ、という怪しからん内容でした。字は下手くそだし、文面もおかしい。いつもなら破って捨てるところですが、なぜか、お奉行はそうなされなかった。勘がはたらいたらしいのです」

念のため、調べてみろということになった。

「然るべき役職とは」

「御腰物奉行ですよ」

「腰物奉行はたしか、旗本の堀江左京さまでしたな」

「よくご存知で」

「一年ほどまえ、ひとを介して脇差をみせてほしいとのご依頼がありましてね」

「脇差というと」

「この葵下坂です」

「なるほど、浅間さんの脇差は越前康継の業物、茎に葵紋を鑽ることの赦された逸品でしたな」

抜けば銀鼠の地肌に艶やかな濤瀾刃が浮かびたつ。しかも、棟区には越前記内の手になる毘沙門天、薬師如来、文珠菩薩の三体仏が彫刻されてあった。

「研師の口から洩れたのだとおもいます」

「それで、逢ったのですか」

「いいえ、お断りしました。堀江さまは刀剣の目利きと教えられたのですが、これを他人様にみせて自慢するのもどうかと」

三左衛門は、脇差の柄頭を愛しげに撫でた。

「なるほどな、あながち縁がないこともない。例の殺された折助、あやつの素姓からおもしろいことがわかりましてね。名は巳助といい、武家屋敷を掛けもちして歩く渡り中間です。その巳助が出入りしていたなかに、腰物奉行の拝領屋敷もありました」

「ほほう」

「寒さ橋の汀で、浅間さんは夜鷹殺しを様斬りではないかと仰った。あれがどうも引っかかりましてね、腰物奉行が怪しいと聞いて、はあとおもったのです」

　腰物奉行のもとへは、全国津々浦々から公方へ献上する名刀が集まってくる。堀江左京はそのうちの何振りかを掠めとり、斬れ味を験しているのではなかろうかと、半四郎は憶測を述べた。

「いまだ、邪推の域を出ませんがね」

「しかし、様斬りは処刑された罪人でおこなうのが定めのはず」

「生身の人間で験してみたい。もはや、首無しの血抜き死体では満足できなくなったのかもしれません」

　半四郎の推察が当たっていれば、幕府にとっては由々しき一大事となる。

　腰物奉行は職禄七百俵、さほどの重責ではないが歴とした布衣役である。

　それだけの立場にあるものが辻斬りの黒幕であったとなれば、幕府の権威はまちがいなく失墜する。

「八尾さん、付け文を届けたのは、いったい何者でしょうね」

「辻斬りを目撃したか、もしくは、折助殺しに関わった者ではないかと、われわれは踏んでおります」

　一連の殺しのなかで、折助殺しだけは他と異なっていた。

「浅間さんの仰るとおり、あれが出刃による凶事ということなら、巳助殺しは様斬りではない」

むしろ、中間巳助は様斬りに関わった悪党の仲間だったのではあるまいかと、半四郎は考察する。

「すると、何者かが巳助の素姓を知ったうえで、成敗（せいばい）したと申されるか」

「飛躍しすぎでしょうか」

「はて」

首をかしげながらも、三左衛門は同様の筋を描いていた。

脳裏を過ったのは、彦八のみせた鬼気迫る形相である。

——弱え連中は黙って死んでいくしかねえ。そんな世の中はまちがっておりやす。

今にしておもえば、あれは煮えくりかえった腸（はらわた）から搾（しぼ）りだされた台詞であったような気もする。

彦八が折助を殺め、付け文をしたためたのだろうか。

まさか、それはあるまい。

還暦を過ぎた夜鷹蕎麦の親爺に、そんな大それたことができるわけはない。

「浅間さん、何か、おもいあたる節でもおありか」

半四郎に訊かれ、三左衛門は首を振った。

「いえ、別に」

かりに彦八が人を殺めたとすれば、理由はどうあれ、重い罪を免れない。

今は誰にも喋らずにおこうと、三左衛門はおもった。

鉄砲洲稲荷に林立する朱の幟が、江戸湾から吹きつける強風にはためいている。

「ここから寒さ橋は近い」

と、半四郎が吐きすてた。

「采女ヶ原も愛宕下も近い。浅間さん、堀江左京の拝領屋敷は愛宕下にあるのですよ」

溜池の馬場下から流れる桜川に沿って、二町ほど東へすすむ。堀江は高台の一角に、長屋門のある豪壮な屋敷を構えているという。

「すくなくとも、悪党どもは地の利をわきまえている。そうした場所のほうが凶事におよびやすい。浅間さん、そうはおもいませんか」

「たしかに」

「無論、堀江左京みずから凶刃を振るったとは考えにくい。じつは、用人頭に武部軍太夫なるものがおりましてね、かなり名の知られた甲源一刀流の遣い手だそうです」

「甲源一刀流といえば胴斬り」

「さよう、武部は二百斤（一二〇キロ）の巨漢で、丸太のごとき二の腕をもつとか」

「よく調べあげましたね」

「調べたのは、雪乃どのです」

「まさか、堀江邸へ」

「女中奉公と偽り、一昨日から潜っておりましてね。潜ったはいいが、敵も易々とは尻尾を出さぬ」

探索方の動きは、予想以上に迅速だった。

「いや、感服いたしました」

「すべては一通の文からはじまったこと、見込みちがいであれば、われわれの立場も危うくなる」

「なぜ」

「奉行所内にはいろんな人間がいましてね、われわれのやり方を良かれとおもわぬ連中も大勢いる」

憶測で動くことを戒めたり、暴走とみなす連中のことだ。

「事なかれで物事は解決しません。そうした輩にかぎって嫉妬深く、手柄を立てることには敏感です。はは、愚痴になりましたね」

三左衛門は笑って受けながし、ころりと話を変えた。

「そういえば、恋文はどうなされた」

「ここにありますよ」

半四郎は胸を撫でてみせる。

「封締めは」

「まだです、読みますか」

「とんでもない」

「遠慮はいりませんよ」

「八尾さん、それはあなたのものだ。わたしやおまつが読んでしまったら、雪乃どのに申し訳ない」

「なるほど」

「ただし、雪乃どのに恋情が伝わる内容にまちがいないと、おまつは読んでもいないのに太鼓判を押していましたよ」

「稀にもないほどの見事な文面にござる。誰であろうとこの恋文を読めば、ぐっとくる。それだけにかえって、渡すか渡さぬか迷うところです」

「わかるような気もしますな」

「文をしたためた女性に逢ってはみたいが、逢わずにおいたほうがよいとおもいます。逢えば、罪の意識が増してしまうやもしれぬ」

「せっかくの恋文です。お渡しなされ」

「渡すにしても、こたびの件が解決してからにいたそうかと」

半四郎は袖を靡かせ、稲荷社のほうへ歩んでゆく。

風は冷たい。

岸辺からのぞむ海は漣立ち、灰色の沖合いには樽廻船が浮かんでいた。

彦八は今ごろ、どこでどうしているのか。

悪党どもに命を狙われているのではないか。

考えれば考えるほど、焦りだけが募った。

# 六

　翌朝、またもや、夜鷹の遺骸が発見された。

「旦那、急いでくだせえ。場所は溜池の馬場下でさあ」

　敷居の外で白い息を吐くのは、御用聞きの仙三である。

　何かあったら必ず教えてほしいと半四郎に伝えてあったので、わざわざ呼びに寄こしてくれたのだ。

　ふたりは鎧の渡しから猪牙に乗った。

　八丁堀の北端を流れる楓川（もみじがわ）を突っきり、木挽町（こびきちょう）一丁目から七丁目まで南下して汐留（しおどめ）へ、そこから一気に溜池へ漕ぎよせるのだ。

「溜池の馬場下といやあ、悪党どもの巣に近え」

　腰物奉行を悪党と断定できるだけの証拠でも揃ったのか。

「仙三、八尾さんは何か摑んだのか」

「摑んだのは、雪乃さまですよ」

　腰物奉行の役宅には、当主以外にはいってはならぬ奥座敷があった。奥座敷には刀掛けが所狭しとならび、公方に献上されるはずであった刀剣類の一部が保管されている。

雪乃は見廻りの目を盗んで忍びこみ、刀剣をひと振りひと振り、鞘(さや)から抜いて調べたらしい。そして大胆にも、二尺五寸余りの大刀をひと振り、盗んできたというのである。

「まことかよ」

「ええ、なんでも五郎入道正宗(ごろうにゅうどうまさむね)の逸品で、さる御大名からの献上品とか」

本身を鞘から抜いてみると刃こぼれが見受けられ、血脂(ちあぶら)の痕跡もはっきり確認できた。

「凶事に使われた証拠の品というわけか」

雪乃によれば、ほかにも何振りかは、正宗同様に使用された痕跡があったという。

「それだけでは弱いな」

腰物奉行の保管する刀剣に血脂が巻いていたところで、即座に辻斬りとは結びつけられない。

「八尾の旦那はこいつで決まりだと、はしゃいでおられましたよ」

「疑惑が深まっただけのはなし、堀江左京に縄は打てまい」

「そうですかねえ」

仙三は不満げにこぼす。

かりに、堀江の罪状があきらかになったとしても、半四郎や雪乃に捕縛する権限は与えられていない。旗本の罪状は町奉行から老中へ上申され、然るべき沙汰がくだされたあかつきには、目付が動くことになる。

町奉行所の手柄は、けっして公にされない。

半四郎や雪乃はそれを心得ているが、仙三はわかっていない様子だった。

猪牙は脇目も振らず、堀川を突きすすんだ。

向かい風は身を切るほどに冷たく、三左衛門も仙三も鼻のあたまを赤くさせた。

ほどなくして、ふたりは陸へあがった。

溜池の馬場下は、冬場ともなれば人影もないところだが、野次馬の影がちらほら遠望できた。

一面の籔畳は真っ白な雪に覆われ、鉛色の空には鳶が旋回している。

索漠とした風景であった。

雪上に敷かれた筵には、哀れな夜鷹が横たわっているのだ。

「八尾の旦那に報せてきやす」

「おう、頼む」

駈けさる仙三の背中を目で追いながら、三左衛門は雪を踏みしめた。

するとそこへ、斜め後方から忍びより、つっと袖を引くものがある。

「お待ちを」

「ん」

薹の立った女が、袖を摑んでいる。

どこかでみたことのある顔だ。

三左衛門は顎を突きだし、もう一度よく女の顔をみた。

鼻の脇に小豆大の黒子がある。

「おぬしは」

「おこうですよ、鳥目の旦那」

「おう、そうだ、彦八の屋台で逢ったな」

三左衛門は目をかがやかせた。

もしかしたら、彦八の所在を知っているかもしれない。

「おもいだしていただけたようですね」

おこうは垢じみた袖から、穴あき銭を一枚取りだした。

「ふふ、めぐんでもらった鳥目ですよ」

「使わずに取っておいたのか」

「はい、魔除け代わりに」

「魔除け」

「辻斬りの獲物に選ばれぬようにと、鳥目に祈るんですよ」

「ふうん、ご利益はあるのか」

「さあ、そいつを教えてくれた姐さんは、ああして殺られちまったからね」

おこうは懐手で振りむき、筵のほうへ乾いた眼差しをおくった。

「知りあいか、気の毒だったな」

「あたしらなんざ、ただの屑ですよ。でもね、屑でも必死に生きているんだ。わけもなく斬られちゃたまりません。旦那、あたしゃ下手人をみたんですよ」

「なんだと」

「侍です。二百斤はあろうかという巨漢でね」

堀江家用人頭、武部軍太夫か。

自然と、肩にちからがはいる。

「役人には喋ったのか」

「不浄役人には喋りたくないんですよ。あいつら、いつもあたしらに意地悪だから」

「そうでもない男もおるぞ」

「どこに」

「ほら、あそこだ」

顎をしゃくってみせると、半四郎が遠くのほうで手を振って応えた。

おこうは頬を強張(こわば)らせ、声をひそめる。

「あのお役人、寒さ橋にもおりなすったね。旦那のお知りあいかい」

「ああ」

「だったら、喋るんじゃなかった」

おこうはぷいと横をむき、その場から去りかけた。

「待て」

三左衛門は、痩(や)せた肩を乱暴に摑んだ。

「はなしてくださいな」

「そうはいかん。なぜ、わしに声を掛けた」

「二本差しだからさ。ほかに頼るお侍もいないし」

「わしを頼ってどうする」

「きまってんだろう。辻斬り野郎を成敗してほしいのさ」

「だから、なぜ、わしなのだ」

「鳥目をめぐんでもらったあの日の朝、彦八のとっつぁんと酒を酌み交わしたでしょう。そのあとも、旦那は寒さ橋に何度かやってこられた。みていたんですよ、もしかしたら、あたしたちのことを気に掛けてくれているのじゃないかってね。そんな勘がはたらいたもんだから、おもいきって声をお掛けしてみたんです」

「そうか」

「だけど、旦那が不浄役人と繋がっているんなら、あたしの見込みちがいだ。さっきのはなしは聞かなかったことにしてくださいな」

「そうはいくか。おぬし、何か隠しておるな」

顔を寄せると、おこうの瞳に脅えが宿った。

「隠すって、何をです」

「中間の巳助殺しだ。それも目にしたのであろうが」

鎌を掛けると、おこうは黙った。

「図星のようだな、下手人をみたのか」

「みちゃいませんよ」

「嘘を吐くな。わるいようにはせん、喋ってみろ」

おこうは口をひらきかけ、つぎの瞬間、貝のように押し黙った。

半四郎が痺れを切らし、仙三ともども、こちらへ歩んできたのだ。

おこうが早口で囁いた。

「旦那、その気があるんなら、今晩、寒さ橋を訪ねてきてくださいな」

「待ってくれ、彦八はどうしておる」

「寒さ橋にいらしてくれれば、わかりますよ。それじゃ」

おこうは去り、半四郎が近づいてきた。

「浅間さん、あれは」

「夜鷹です」

「知りあいですか」

「まさか、夜鷹と知りあいなわけはないでしょう」

「はは、そうですよね」

と、納得しつつも、半四郎は怪訝そうな顔でいる。

ふたりは黙って肩をならべ、筵のほうへ近づいた。

ほとけは仰向けに寝かされ、黝い首筋に藻のような黒髪が巻きついている。

「斬り口をご覧になりますか」

「差しつかえなければ」

「構いませんよ」

半四郎はあっさり言い、筵を捲ってみせる。

仙三をはじめ、覗きこんだ誰もが目を背けた。

ほとけは胴を真横に断たれ、臍から下の部分を失っていた。

「死んでから三日は経っています」

半四郎に説明されるまでもない、濃厚な死臭が漂っている。

「無惨な」

三左衛門のからだは冷えきっていたが、胸底から蒼白い炎がめらめらと燃えあがってきた。

った。

# 七

町木戸の閉まる亥ノ刻（午後十時）を過ぎても、担ぎ屋台の影はあらわれなかった。

三左衛門は寒さ橋の欄干に凭れ、爪先まで凍るほどの寒さに耐えつづけた。

おまつは事情も聞かず、温石をもたせてくれた。

が、冷えきった石は、もはや使い物にならない。

暗澹とした空から、白いものが舞いおちてきた。

雪は網目のように降り、視界がおぼつかなくなる。

やがて、四肢の感覚すら麻痺しはじめたころ、綿帽子をかぶった小柄な男が橋の西詰めから近づいてきた。

三左衛門は肩の雪を払いのけ、ゆっくり歩みだした。

男は足を止め、綿帽子の笠を脱いでぺこりと頭をさげた。

彦八である。

「親爺さん、さがしたぞ」

声を掛けると、彦八はさらに小さくなった。

「なぜ、旦那があっしのことを」

「そりゃおめえ、でえじな釣り竿を置き忘れたからさ」

「五本継ぎの釣り竿でやすね。ちゃんと取ってありやすよ」

「ありがとうよ」

「じつは半刻（一時間）めえから、旦那のことを見張っておりやした」

周囲に不浄役人の影がないか、慎重に確かめていたらしい。

「けっ、寒空の下に立たせやがって」

「申し訳ねえ、このとおりでやす」

「ま、いいってことよ。一見（いちげん）の浪人を信じろというほうが、どだい無理なはなしさ」

「旦那のことは信じておりやす。何度も寒さ橋に来られたそうじゃありませんか。そいつは、哀れな夜鷹たちのことをおもってのことなんでしょう」

「さあな。それより、てっきり屋台を引いてきてくれるものと期待しておったになあ。こう寒いと、彦八の供養蕎麦が恋しくてならねえや」

「そいつは、申し訳ねえことを」

「ところで、おこうはどうした」

「四谷の夜鷹会所（かいしょ）に冬籠もりですわ。ちったあそっとじゃめげねえ夜鷹たちも、こんどというこんどは心から怖がっておりやしてね。江戸の闇から辻斬り野郎が消えてなくなるまで、商売はできねえと口を揃えておりやす」

「それでは食っていけまい」

「命あっての物種（ものだね）でやすよ」

「親爺さんの商売もあがったりだな」

「いいえ、夜鷹たちにゃ何杯でも蕎麦を食わしてやるつもりです。借りはあとで稼いで返してもらえばいい」

「あんたらしいな」

「旦那、あっしに聞きてえことがおありなんでしょう」

彦八の眸子が、きらりと光った。

「例の巳助を殺ったのは誰なのか。旦那は知りてえはずだ」

「まあな」

「あっしが殺ったんですよ」

彦八はあっさり罪を認め、淡々とつづけた。

「あの野郎の首筋を、出刃で叩き斬ったんです」

「巳助が殺られたのは卯ノ刻前後と聞いた。そうなると、わしが親爺さんの屋台を訪ねた直前だ」

「仰るとおりですよ」

「よくも、あれだけ冷静でいられたものだな」

「こうみえても、あっしは博打打ちでやした。若い時分は度胸ひとつで、方々の賭場（とば）を荒らしまわったもんだ」

　ふっと、おきよの顔が過った。

　博打打ちの父親をもったせいで、十五の娘は苦界へ売られたのだ。

「巳助を殺めたこと、おこうも知っておるのか」

「知っているもなにも、おこうから聞いたんです。この界隈で夜鷹に声を掛けまくってる妙な男がいると」

「それが巳助だったのか」

「はい、巳助に声を掛けられた夜鷹がひとり斬られちまって、それで、あっしはぴんときたんです、巳助が辻斬りの下手人にちげえねえと」

　彦八はおこうや他の夜鷹たちと計らい、寒さ橋の周辺に罠（わな）を張った。

　そこへ、都合良く、巳助は引っかかった。

「それがあの日だったのか」

巳助は寒さ橋で夜鷹のひとりを摑まえ、金一分払うから連いてこねえかと誘いかけた。夜鷹が恐くなって頭を振ると、いきなり羽交い締めにし、咽喉もとに匕首をあてがったという。

「あっしは一部始終を物陰から眺めていたもんだから、出刃を握って必死に駆けやした。気づいてみると、橋のうえは血の海でさあ」

幸運にも、夜鷹以外にみていたものはいなかった。屍骸の始末はおこうたちにまかせ、彦八は急いで屋台へもどった。もどってひと息ついていると、三左衛門があらわれた。

「とんだところへ行きあわせたというわけか」

供養蕎麦は卯ノ刻になれば、かならず寒さ橋へもどってくる。それを知るものが多いだけに、この場から離れればかえって怪しまれると、彦八は踏んだ。

「あっしは莫迦でした、巳助が辻斬り野郎だとおもいこんじまった。能天気にも、すっかり悪党を成敗した気になっていたんだ」

「ところが、下手人は別にいた」

巳助は、獲物を物色する役目を負った手下にすぎなかった。

「連中はこの界隈を嗅ぎまわり、事情を知っていそうな夜鷹をひとり捕まえやした。可哀相に責め苦をあたえ、巳助殺しの真相を吐かせたんだ」

夜鷹は彦八のことを喋ったあと、無惨にも殺された。

溜池の馬場下に捨てられた女のことだ。

「そうだったのか」

彦八は黒幕の正体を知った。

「夜鷹たちが調べてくれやしてね。あっしはどうやら、腫れ物に触っちまったらしい」

「それで、わしにどうせよと」

「悪党どもを成敗していただきてえので。もちろん、謝礼はお支払い致しやす」

江戸じゅうの夜鷹たちから小銭を集めれば、何両かの金はできると、彦八は胸を張る。

「困ったときの神頼みじゃねえが、旦那なら何とかしてくださるんじゃねえかと、こいつはあっしとおこうの勘です。旦那は一見頼りのねえ感じのおひとにみえるけど、鋭い爪を隠していなさる。なにより、弱え者が困っているのを見過ごすことのできねえおひとだ、きっとそうにちがいねえ」

「買いかぶられても困る。相手は二百斤の化け物だぞ」

「存じておりやす。だから、断られても仕方ねえ」

「わしは人を斬りたくない。断ったらどうする」

「だめもとで奉行所へ訴えてみやす」

「やはり、付け文をしたためたのは、おぬしか」

「よくご存知で。あれもだめもとでやりやした」

「あきらめるのは早いぞ。親爺さんの付け文が探索方を動かしたのだ」

「まことで」

「嘘を吐いてどうする」

「それなら、今から直訴でもやるかな」

「巳助殺しはどうする」

「包み隠さず喋りやす」

「利口な方法ではないな。理由はどうあれ殺しは殺し、あんたは打ち首になる」

「構やしねえ。こんな皺首でよけりゃくれてやりやす」

「そうはいかぬ。美味い蕎麦が食えなくなるからな。それに、親爺さんが死ねば、悲しむ者がおる」

「何を仰いますやら」

辻斬りの件もさることながら、彦八にはどうしても話しておかねばならぬことがある。

「あんたの娘さん、おきよというのだろう」

「まさか……ご、ご存知なので」

「女房が偶さか知りあいでな」

「そんな」

「わしも驚いたさ」

「おきよが……おきよが、生きていただなんて」

「堅気でしっかりやっておるぞ。玄治店で女祐筆の看板を掲げてな、十九の娘もいる」

「え」

「親爺さんにとっては孫だ。近々、錺職といっしょになるらしい。わしはな、祝言で高砂を披露せねばならんのよ。祝儀は一銭も貰えぬし、骨の折れるはなしさ」

彦八はその場に膝を折り、顔もあげられない。

顫（ふる）える肩にそっと手を置き、三左衛門は囁いた。

「娘と孫のためにも、あんたは生きなきゃならねえ。ま、悪党どものことは、わしにまかせておけ」

「だ、旦那」

「あと四、五日、身を隠しておくところはあるのか」

「ありやす。ご心配にゃおよばねえ」

「よし、吉報を待て」

「旦那」

彦八は背をまるめ、両手を合わせて懸命に拝んだ。

三左衛門は踵（きびす）を返し、ぎゅっと雪道を踏みしめる。

高揚する気分を、次第に抑えきれなくなってきた。

「高砂やこの浦舟に帆をあげて、この浦舟に帆をあげて、月もろともにいでしおの、浪の淡路の嶋かげや……」

雪の降り積む寒さ橋に、寒声が殷々（いんいん）と響きわたる。

釣り竿のことなど、三左衛門はすっかり忘れていた。

## 八

こたびばかりは、修羅と化さねばならぬ。

三左衛門は腹をくくった。

彦八のことはおまつにも告げず、その夜から毎晩、堀江邸の張りこみをつづけた。

二日目の夜、御用聞きの仙三と鉢合わせした。

半四郎の指図で寄こされたもので、聞けば南町奉行の筒井紀伊守はかなり立腹の様子らしい。

辻斬り騒動はいっこうに収まらず、江戸じゅうの夜鷹や椋鳥が恐怖におののいている。にもかかわらず、探索方は後手を踏み、いまだに確乎とした証拠を摑むことができない。そのことが気に食わないのだ。

そうはいっても、半四郎の立場では闇雲に突っ走るわけにもいかない。

相手は幕府の重臣、表立って対峙できるのは幕臣の不祥事を裁く目付なのだ。

町奉行所の十手持ちであることが、かえって半四郎の動きを縛りつけているのである。

こうしたときにこそ「旦那の出番ですよ」と、仙三におだてられた。

おだてに乗るふりをしてみせ、この一件に首を突っこむ真の理由は隠しとおした。

張りこみ開始から五日目、霜月晦日。

愛宕下の武家地周辺は、漆黒の闇に支配されている。

雪はしんしんと降りつづけ、武家屋敷や大路を白い帷子で覆っていった。

今夜も、かたわらには仙三がいる。

半四郎に命じられたからではなく、胸騒ぎがしたので足をむけたという。

それにしても、寒い。

「もうすぐ子ノ刻（午前零時）かあ、師走だものな」

仙三はひとりごち、ぶるっと身を震わせた。

「旦那、暖けえ蕎麦でも食いてえよ」

「そうだな」

「卯ノ刻になると、寒さ橋のあたりに担ぎ屋台がやってくるそうです。そいつがたいそう美味えらしい」

「誰に聞いた」

「誰って、忘れちまいやしたが、なんでも供養蕎麦とか呼ばれておりやしてね。でも、ここんところは、とんと見掛けなくなっちまった」

「親爺さんが風邪でもひいたのだろうよ」

「だとすりゃ、今夜もありつけねえな」

仙三は洟水を啜った。

三左衛門は着物のまえをまさぐり、縮んだ竿を抜きだすと、海鼠塀にむかって小便を弾いた。

白い湯気が濛々とあがり、塀には黒い染みが描かれた。

──火の用心、さっしゃりませ。

遠くで、番太の拍子木が鳴った。

雪は熄み、冴えた空に星が瞬きはじめた。

子ノ刻。

敵は動いた。

「旦那、小便を弾いてる場合じゃねえ」

仙三に囁かれ、三左衛門は焦った。

竿の先端を振って仕舞いこみ、物陰から様子を窺う。

「三人か」

ひとりは宗十郎頭巾の巨漢、用人頭の武部軍太夫であろう。武部の背後に角頭巾をかぶった肥えた男がつづき、提灯持ちの折助がひとり、ちょろちょろ動きまわっている。

肥えた男は、堀江左京にまちがいない。偉そうに胸を張り、外股で歩んでゆく。

「悪玉御一行様だな」

三左衛門と仙三は、慎重に提灯を追いはじめた。

悪党どもは辻番所を巧みに避け、大路を抜けてゆく。

芝口から右手の汐留橋を渡り、堀川に沿ってすすむ。

そして、木挽町三丁目の手前で、ふいに右へ折れた。

「お、曲がりやしたぜ」

左右に組屋敷を眺めつつ、悪党どもはさらにすすむ。

やがて、目のまえに、蕭条とした雪原があらわれた。

「采女ヶ原か」

頭巾のふたりは暗がりで立ちどまり、折助だけが道のさきにつづく万年橋を渡った。

橋むこうには西本願寺（にしほんがんじ）がでんと構え、さらに備前橋（びぜんばし）を渡ったさきには小禄旗本や御家人屋敷の集まる海浜（かいひん）の町がある。町の東端に架かっているのが、寒さ橋であった。

折助はあきらかに、獲物を物色しにむかったのだ。

辻斬り騒ぎで夜鷹はすがたを消したが、それはほんの一時のことだった。

三日も経てば、泥水が滲（にじ）みだすようにあらわれ、辻々の暗がりを彷徨きはじめた。

ゆえに、辻斬りの獲物には事欠かない。

「旦那、あっしはひとっ走り、八尾さまを呼んできやす」

「よし、ここは引きうけた」

駈けさる仙三を見送り、三左衛門は物陰から敵の様子を窺った。

ふたつの頭巾頭は動かず、万年橋のほうをじっと凝視めている。

すると、そこへ。

なよやかな腰つきの女がひとり、俯（うつむ）き加減で近づいてきた。

手拭いを頬被（ほおかぶ）りにして端をくわえ、右腕には菰（こも）を抱えている。

「ちっ」

葱を背負った鴨ならぬ、死地へむかう夜鷹であった。

心もとない雪明かりが、女の輪郭を浮かびたたせた。

表情まではわからない。遠すぎるのだ。山狗どもとの間合いは十間足らずだが、ここからは半町近くも離れていた。

頭巾頭が頷きあい、道端へのそりと踏みだす。

「させるか」

三左衛門は物陰から飛びだし、低い姿勢で駆けだした。

山狗どもは背をむけており、こちらに気づいていない。

気づくとすれば夜鷹だが、ためらわずに近づいてくる。

「くそっ」

毛穴から、嫌な汗が吹きだしてきた。

夜鷹は何も知らずに、小走りでやってくる。

「待てい」

武部軍太夫が、仁王立ちになった。

ずらりと、三尺の剛刀を抜きはなつ。

「うっ」
夜鷹の足が止まった。
金縛りにあったように動けない。
反りの深い剛刀の刃が、蒼白く光っている。
一方、三左衛門は、足を縺れさせながらも雪道を駈けた。
待て。
叫んだつもりが、声にならない。
声色師は緊張のあまり、舞台で声を失うことがあるという。
それと同様に、叫ぼうにも声が出ないのだ。
くそったれ。
胸中に悪態を吐き、十間まで迫った。
山狗どもは、まだ気づかない。
正面の獲物に気を向けている。
「腐れ女め」
武部は刀を右八相から車に落とし、大股で夜鷹に迫った。
「覚悟せい」

野太い声で言いはなち、からだを右に大きく開く。

三尺の剛毅な刀身を、右斜め後方に引きしぼった。

あとは膂力にまかせて、横薙ぎに薙ぐだけでよい。

「ふりゃ……っ」

剛刀が唸りあげた。

鋭い弧を描きつつ、夜鷹の腰骨を一撃で断つのだ。

「待て、この野郎」

三左衛門の咽喉から、唐突に声が飛びだした。

間合いは五間足らず、頭巾頭が驚いたように振りかえる。

「何者じゃ」

と、堀江のほうが怒声をあげた。

その間隙を衝き、夜鷹が菰を宙高く抛りなげた。

「なにっ」

驚きの声をあげたのは、三左衛門である。

刹那、氷柱のような白刃が閃いた。

陣風が剔るように、巨漢の袖下を駆けぬける。

いったい、何が起こったというのか。

夜鷹は三歩すすんで踏みとどまり、嫣然と微笑んでみせた。

やけに白い両手には、二尺五寸余りの大刀が握られている。

「くわっ」

武部が、声を上げた。

切先を天に突きあげ、身を捩らせながら倒れてゆく。

「おっ」

横に立つ堀江は、肥えた腹を揺すりあげた。

「ぶ、無礼者。わしは腰物奉行、堀江左京である」

「先刻承知」

夜鷹は凜と叫び、眼差しをあげた。

誰あろう、雪乃である。

三左衛門は、事態が呑みこめずに立ちつくした。

「何者じゃ、隠密目付か」

「何者でもよい」

雪乃は吐きすて、青白い切先を堀江の鼻面へむけた。

「みよ、五郎入道正宗じゃ。うぬは用人頭の武部に命じ、この刀で罪無きものを斬らせたであろう。腰物奉行が献上刀で辻斬りとは言語道断、天に代わって成敗いたす」

「女め、名を名乗れ」

「わたしは夜鷹、名乗っても詮無いこと」

「くっ」

堀江は踵を返し、こちらにむかって駈けてくる。

肥えた体軀のわりに、すばしこい。

雪乃が叫んだ。

「逃がしてはなりませぬぞ」

「承知」

三左衛門は腰溜めに構え、すっと小太刀を抜いた。

大刀の中味は竹光なので、抜いても役に立たない。

「猪口才な」

堀江も多少のおぼえはあるようで、反りの深い愛刀を鞘走らせた。

「きぇっ」

鋭い気合いを発し、大上段から斬りかかってくる。

三左衛門は肩先で躱し、反転しながら首筋を打った。

「くっ」

斬ったのではない、刃を峰に返して叩きつけたのだ。

その瞬間、堀江は斬られたとおもい、気を失った。

「お見事」

雪乃が正宗を鞘に納め、近寄ってきた。

「浅間さま、咄嗟のご判断でしたね」

「ふむ、ほんとうは斬るつもりでおった」

「人を斬りたくないのは、わたくしもいっしょです」

「え」

「武部軍太夫も、生きておりますよ」

「峰打ちでしたか」

「はい」

「雪乃どのは堀江邸の様子を探っておられましたな。彼奴らの行動も予見しておられたのか」

「ええ、予想はつきましたよ」

「なぜ、八尾さんに黙っておられた」

「八尾さまは正規のお役人、わたくしは臨時雇いにすぎませぬ」

「臨時雇いならば、相手が誰であろうと気兼ねなく痛めつけてやることができる。そういうわけか。はは、ちと言いすぎましたかな」

「仰るとおりですよ」

「気丈なお方だ」

「こんな女では、お嫁になぞいけませんね」

「そんなことはない。だが、今宵(こよい)のように危ない橋は渡らぬほうがよい」

「無謀はいたしませぬ。今宵も、浅間さまの加勢がなければ勝算は立ちませんでした」

「ひとがわるいな、わしの動向をみきっておられたのか」

「敵を欺く(あざむく)ならば、まず味方を欺けと申します」

なにやら、釈迦(しゃか)の掌(てのひら)で遊ばされている孫悟空(そんごくう)の気分だ。

三左衛門はほっと溜息を吐き、雪道に転がった連中を交互に覗きこんだ。

「さて、雪乃どの、後始末はどういたす」

「手下の折助は、万年橋の欄干に縛っておきましたよ」

「それはお手柄。折助を責めれば、こやつらの悪事は露呈致しましょう」

「いっそこのまま、采女ヶ原に晒しおきますか」

「そして、夜鷹たちの手に裁きを委ねる……酷いかな」

　仲間を殺された夜鷹たちの恨みは、尋常なものではない。堀江らは棍棒で撲られ、礫を投げつけられ、死の恐怖を骨の髄まで味わうことになるだろう。

「やめておきますか」

　雪乃は、にっこり微笑んだ。

　やや厚みのある朱唇が、艶めいてみえる。

　黒目がちの大きな目に凝視められ、三左衛門はたじろいだ。

「雪乃どの、八尾さんならきっと、やめといてやろうと仰いますよ」

「それなら、八尾さまに後始末をお任せしましょう」

「もうすぐ、ここへやってくるが……」

「よしなにお伝えください」

「逢わずに、行かれるのか」

「ええ、わたくしも女ですから、このような薄汚い恰好をみられたくはありません」

それはどういう意味なのか、半四郎にとっては喜ぶべきことなのかどうか、三左衛門は計りかねた。

「それでは」

雪乃は丁寧にお辞儀をし、闇の彼方へ消えていった。

入れ替わりに反対の方角から、半四郎が駈けてきた。

「おうい、生きておるのかあ」

着流しの尻を端折り、全速力で駈けてくる。

「いつまでたっても、すれちがいか」

三左衛門は苦笑しつつ、右手を高くあげて応えた。

九

数日後。

晴天の冬日和、丹前でも羽織って歩めば、汗ばむほどの陽気である。

「美味い蕎麦でも食いに行こう」

三左衛門はおまつとおきよを誘い、寒さ橋へむかった。

辻に色づいた南天の実を、小鳥がさかんに啄んでいる。

「難を転じて幸を招く、か」

南天の花言葉を口ずさみ、路傍に祀られた地蔵に手を合わせる。

午ノ刻（正午）だが、あらかじめ仙三に頼んであるので、彦八の屋台は橋のそばにいるはずだ。

おまつにだけは事情をはなしたが、おきよにも彦八にも余計なことは告げていない。

「おまつさん、何だか誘っていただいて、嬉しい」

「どうして」

「わたし、岡場所の出なもんだから、友達もいなくって」

「美味いもんの食べ歩きなら、いつでも誘ってあげるよ」

「ありがとう、おまつさん」

「礼なら、このひとに言ってあげて。このあいだの恋文、ご依頼主がたいそうお喜びになったらしいんだよ。それでね、このひと、顔を立ててもらったお礼に、どうしてもあんたに蕎麦をご馳走したいって言うのさ」

「さようでしたか、ほんとうにありがとうございます」

おきよは深々と頭を垂れ、三左衛門を困らせた。

すかさず、おまつが助け船を入れる。

「供養蕎麦を食べるのは、わたしもはじめてなんだよ」

「供養蕎麦」

「理由は知らないけど、そう呼ばれているのさ」

「へえ」

やはり、事前に報せておくべきであったかもしれない。

三左衛門は、おきよか彦八のどちらかが逢いたくないと言いだすのを怖れた。

こうして歩んでいても、不安は次第に募ってゆく。余計なお節介がかえって、仇になるかもしれないのだ。

せめて、娘のおみなには告げておけばよかったと、三左衛門はおもった。

祖父の顔も知らない孫娘ならば、純粋な気持ちでふたりの対面を取りもってくれたにちがいない。

が、今さら、悩んでも後の祭り。

三人は寒さ橋にたどりついた。

橋むこうの南飯田町側で、仙三が手を振っている。

彦八の担ぎ屋台もちゃんとおり、看板代わりの白い湯気をあげていた。

そして、手を振る仙三の隣には、呼んだおぼえもないのに、小粋な着流し姿の半四郎が立っていた。

「あら、おまえさん、あすこに半鐘泥棒の旦那がいらっしゃるよ」

「くそっ、仙三のやつが勝手に連れてきやがったんだ」

心配事がまたひとつ増えた。

半四郎は巳助殺しについて、何かを掴んだのかもしれない。

もはや、江戸を騒がせた辻斬りの一件は解決していた。

堀江左京と武部軍太夫は腹を切り、この世にはいない。

お上の沽券に関わるので、腰物奉行の悪行はおおやけにされなかった。

だが、噂好きの江戸雀たちのあいだでは、周知の事実として受けとめられていた。ただひとつ、渡り中間の巳助を殺した下手人だけが、まだ見つかっていなかった。

半四郎が彦八を疑っているようなら、厄介なことにもなりかねない。

「おまえさん、どうしなすったの」

おまつに袖を引かれ、三左衛門はわれに返った。

おきよはといえば、半四郎を気にしているふうでもない。

恋文の依頼主とわかっても、分をわきまえているので、みずから名乗りでることはあるまい。

三左衛門は女たちを先導して橋を渡り、担ぎ屋台に近づいていった。

彦八のまるい背中がちらりとみえたが、いつもと変わった様子もない。

「やあ、浅間さん。おまつどのもお元気そうですな」

半四郎が、気軽な調子で声を掛けてきた。

「さきに蕎麦をいただきましたよ。ふふ、評判どおりの美味しさです」

「そうでしょう」

「ほら、これ」

半四郎はにんまり笑い、小屋に立てかけてあった釣り竿を寄こした。

「親爺さんから、渡してくれとことづかりましてね」

彦八はそこにいるというのに、なぜ、ことづけねばならないのか。

「その釣り竿、やっと持ち主の手にもどりましたな」

「正直、置き忘れたことすら忘れておりましたよ」

「ともかく、蕎麦を食べてきなされ。あとでちと、浅間さんにはなしがある」

「はなし」

「寒さ橋の欄干で待っていますよ」

半四郎は謎めいた台詞を残して去った。

彦八の蕎麦は、もしかしたら、これが食べおさめになるのかもしれない。

そんな気がした。

一抹の寂しさを抱きつつも、三左衛門はおきよを屋台へ招きいれた。

「いらっしゃい」

彦八が振りむく。

嬉しそうな顔だ。

「旦那は特別なおひと。首を鶴みてえに長くして待っておりやしたよ」

「親爺さん、それじゃさっそく、このひとに月見蕎麦をこしらえてやってくれ」

「はいよ」

彦八とおきよの目がかち合った。

おまつは隅っこで息を止めている。

一瞬の間が、永遠にも感じられた。

父と娘は名乗りあうどころか、顔色ひとつ変えない。

そして、どちらからともなく、目を外した。

気づかぬのか。

ほっとするような、がっかりするような、三左衛門は複雑な心境にさせられた。

誰も何も喋らない。

おまつでさえ、ことばを探しあぐねている。

「へい、おまち」

一杯の月見蕎麦が、おきよのまえに差しだされた。

「旦那方は」

「ん、かけでいい」

「かけをふたつ、承知しやした」

彦八はこちらに背をむけ、また蕎麦をつくりはじめた。

ずるっと、隣で蕎麦を啜る音が聞こえた。

「おきよさん」

おまつの声が、わずかに震えている。

おきよは、蕎麦を食べながら泣いていた。

丼の汁に顔を映し、ぽろぽろ涙を零している。

やはり、わかっていたのだ。

忘れるわけがない。

十五で売られた娘の瞼には、父の面影が焼きついていた。

面影は二十四年経っても色褪せず、瞼の裏でしっかり重なっていたのだ。

「この味……懐かしい」

おきよは涙を拭い、嬉しそうに洟らした。

その台詞を聞いた途端、彦八が我慢の限界を超えた。

両肩を顫わせ、その場に屈みこんでしまったのだ。

三左衛門はおまつを誘い、そっと席を離れた。

寒さ橋のうえで、半四郎が欄干に凭れている。

三左衛門は覚悟を決め、大股で近づいた。

「おや、蕎麦はどうなされた」

「食っておりません、腹が一杯で」

「妙なひとだ」

「八尾さん、はなしというのは」

「たいしたことじゃない」

「え」

彦八のはなしではないのか。

胸を撫でおろすと、半四郎は例の恋文を取りだした。

「じつは、まだ封締めをしておらんのです」

「こたびの一件が解決したら、雪乃どのにお渡しするはずだったのでは」

「気が変わりました」

「なぜ」

「やはり、自分の口で伝えたほうがよかろうとおもって」

「そりゃそうだ」

「読みますか、これ」

「いいえ、結構です」

「それなら」

半四郎は恋文をびりっと破いた。

「あ」

止める暇もない。

細かく破られた切片（せっぺん）が、寒さ橋の欄干から粉雪のように舞いおちてゆく。

「まあ、きれい」

橋むこうに佇（たたず）むおまつが、何も知らずに口走った。

屋台のほうをみやれば、邂逅（かいこう）を果たした父と娘が肩を寄せあい、風に踊る切片を眺めている。

半四郎は両の拳（こぶし）を突きあげ、背伸びをしてみせた。

「ふわああ」

こざっぱりした横顔だった。

彦八の犯した罪を知りつつも、黙って呑みこんでくれたのだろうか。

そんな気もする。

寒さ橋からのぞむ冬の海は、穏やかに凪（な）ぎわたっていた。

紺碧（こんぺき）の空と海との境目に、白い帆船が吸いこまれてゆく。

「おまえさん、ほら」

おまつに煽られ、三左衛門はおもむろに唸りだした。

「高砂やこの浦舟に帆をあげて、この浦舟に帆をあげて、月もろともにいでしおの、浪の淡路の嶋かげや……」

なかなかの名調子だ。
われながら、今日は格別に声の出が良いとおもった。

# 大黒の涙

一

師走十八日。

朝から小雪のちらつくなか、三左衛門は義弟の又七と浅草寺へむかった。

師走もなかばを過ぎると、江戸のいたるところで歳の市が催される。

十七日と十八日は浅草観音、二十日と二十一日は神田明神、二十二日と二十三日は芝神明、二十四日は芝愛宕下、二十五日は平河天神といった塩梅で順繰りに催され、いずれもたいそうな賑わいをみせる。

なかでも、浅草観音の歳の市はひときわ規模が大きい。

雷門から仁王門までつづく仲見世大路は言うにおよばず、南は駒形から御蔵前大路、西は門跡より下谷車坂町、上野黒門前にいたるまで、葦簀掛けの小屋が寸地を洩らさぬほどに居並び、威勢の良い香具師の口上が飛びかう。

「ほら注連縄だ、破魔弓だ、正月の縁起物だよ」

派手に飾りつけられた大熊手、役者や相撲取りの絵柄が売りの羽子板、食べ物屋や鉢物屋や祝器商いなども軒をつらね、客たちは押すな押すなの大騒ぎである。

雪道は数多の通行人によって踏みかためられ、そのぶん滑りやすくなっており、おっちょこちょいの又七は何度も転びかけた。

「義兄さん、これだけの人出だ、巾着切にゃ気を付けたがいいよ」

「わかっておるわ。すかたんのおまえに言われずともな」

「おっと、聞き捨てならねえぞ」

すかたんは間抜け、おまつが又七を呼ぶときの口癖だ。

「姉さんに言われても何ともおもわねえけど、宿六の義兄さんに言われたかねえ、かちんとくるぜ」

「わかった、わかった。ところで又七、今日はおまつに何を言づかってきた」

「それも知らずに付きあってくれたのかい。あいかわらずのお人好しだねえ」

「首尾を見届けてこいと頼まれたが、いったい、何の首尾を見届ければよい」

「そいつはあとのお楽しみ。義兄さん、従いてきてくれ」

又七は小鼻をぷっと張り、てくてく歩みはじめた。

愛嬌のある顔だが、美人の姉とは似ても似つかない。性格も同様で、きりりしゃんとした姉とちがい、箸にも棒にも掛からぬ、ちゃらっぽこな男だ。

実家の糸屋は五年もまえに潰れてしまったが、廓遊びに興じたころの若旦那気質が抜けず、二十五の今も職を転々としている。十分一屋の姉に愛想をこぼしては、暮らしの費用をせしめてゆく不肖の弟であった。

危なっかしくて頼りないところがまた、憎めない点でもある。

しかも、三左衛門は妙に懐かれていた。おまつとは正式に祝言をあげたわけでもないのに「義兄さん、義兄さん」と、子犬のようにまとわりついてくる。

三左衛門は気のすすまぬ様子で、又七の背にしたがった。

「義兄さん、こっちこっち」

足をむけた露店には、黒山の人だかりができていた。

巧みな口上とともに売られているのは、三寸に足りぬ大黒天の木像である。

「さあさあ、寄ってらっしゃい、大黒さんだよ。肌身離さず持ち歩けば福徳の三年目、拝めば富を得ることまちがいなし、たった六十五文で運を摑むかどうかの分かれ目だ。ほうら、買った買った」

開運のご利益をもたらすお守りならば、浅草寺本堂前でも売られている。が、露店にならぶ木彫りの大黒天には、よく知られた迷信がひとつあった。

――盗めば福を授かる。

宝暦のころより五十有余年のあいだ、悪弊とも言うべき迷信が真面目に信じられているのだ。

「おまえ、まさか」

「そのまさかだよ、へへ」

又七は洟を啜りあげた。

「姉さんのたってのおのぞみなら、しょうがあんめえ」

おまつは十分一屋だけに縁起を担ぐ。今年はあまり良い年でもなかったので、来年こそはという気持ちが強い。

「それで大黒を」

まんまと盗むことができたら、おまつは駄賃を出すらしい。

三左衛門は、又七に盗みを成功させるための見張役というわけだ。

が、どんなご利益を授かろうとも盗みは盗み、おまつらしからぬ頼みにも感じられ、いっそう及び腰になってしまう。

「心配しなさんなって。義兄さんは、おいらの手並みを見ていてくれるだけでいい。なにせ、これだけの人出だ、盗まれたほうも追いかける気にゃならねえさ」

又七は尻端折りになり、人ごみのなかへ分けいった。

「へへ、ちょいとごめんよ、通してくれ」

薄笑いをのこし、又七の髷が消えた。

消えた途端、香具師の怒声が響いた。

「こら、泥棒」

人垣がさあっと分かれ、驚いた又七は脱兎のごとく駈けだした。

大黒天像を狙う盗人は少なくない。人垣のなかにはあらかじめ、強面の連中が配されていたのだ。

又七は血相を変え、前歯を剝きながら逃げてくる。

「義兄さん、助けてくれ」

叫ばれて知らぬふりをきめこむわけにもいかず、三左衛門は又七をやりすごし、ひょいと横から足を差しだした。

「おわっ」

一人目の強面が転ぶと、二人目、三人目と、折りかさなるように倒れていった。

「長居は無用」

袖をひるがえしたところへ、香具師の怒声がかぶさった。

「あいつだ、あの薄汚ねえ痩せ浪人だ。誰か、誰か捕まえてくれ。捕まえたやつにゃ大黒さんのご利益があるぜ」

「よしきた」

と、ひとりのお調子者が叫んだものだから、収拾がつかなくなった。

勇み肌自慢の男たちが一斉に毛臑を剝き、鬼の形相で追いかけてくる。

「三十六計逃ぐるに如かず」

さすがの三左衛門も、尻尾をまるめて逃げるしかない。

雪駄を脱ぎすて、跣で雪道を駈けぬけた。

白い息を吐きながら四つ辻を曲がると、待っていた又七に袖を引かれた。

「義兄さん、こっちだ」

連れこまれたのは裏長屋、狭苦しい他人の部屋だ。

「うっ」

饐えた臭いに鼻をつかれた。

ささくれだった畳に目を遣れば、隅っこに煎餅布団がのべてあり、白髪の老婆が鼾を掻いている。

「又七、ここは」

「しっ、追っ手が来る」

腰高障子を閉め、どうにか追っ手をやりすごした。

遠ざかる跫音を聞きつつ、又七が得意満面の顔をむけてくる。

「やったぜ」

義弟は懐中から、戦利品を取りだした。

「ほら、歳の市の大黒さんだよ」

「ふん、迷惑な野郎だ」

「怒るんなら、姉さんに怒ってくれ。と言っても、できねえだろうけど」

おまつは一家の米櫃、三左衛門はまちがっても強意見など吐けない。

「もってのほかってやつだね」

「黙れ」

土間で口論をはじめると、背中にぞっとするような気配を感じた。

振りむけば、白鉢巻きの痩せた老婆が褥から半身を起こしている。

「誠之介かい」

まっすぐ三左衛門の顔を凝視め、老婆は鉄漿を剝いた。

「やっぱりそうだ。御用の旅から帰ってきてくれたのだねえ」

「おいおい、婆さん。この人は誠之介なんかじゃねえぜ」

と、又七が横から口を挟む。

「いいかい、日本橋堀江町は照降長屋の浅間三左衛門。それがこの人の名だよ」

「照降長屋の浅間三左衛門さま、さようなお方は存じあげませぬが」

「ありめえだろ。困った婆さまだなあ」

老婆は又七を睨みつけ、声をひっくりかえした。

「下郎は黙っておれ。あれにあるは鬼頭家惣領の誠之介じゃ」

「誰だそりゃ」

「鬼頭家は代々、公方さまより御小納戸役を仰せつかっておる。御小納戸役と申せば、公方さまの御身のまわりの御世話をいたす大切なお役目じゃ。忘れたのか丑蔵、よもや忘れたとは言わせぬぞ。使用人の分際で無礼な口を利くでない」

「こんどは丑蔵かい。この婆さま、まるっきり惚けていやがる。義兄さん、行こう」

「待て」

「なんで」

「きちんと礼をせねばなるまい。わしらは断りもなく勝手にこの部屋へ飛びこんだ。礼をせねば賊もおなじであろうが」

「義兄さんも存外にあたまの固え御仁だねえ。いいかい、ここは浅草広小路の西はずれ、田原町裏手のどぶ店だ。言っちゃあ悪いが、屑みてえな貧乏人どもの吹きだまりだよ。偶さか薄汚え小屋のひとつに飛びこんだら、よいよいの婆さまが眠ってた、それだけのはなしじゃねえか」

「それだけのはなしで済ますのか」

「ああ、そうだよ。婆さまにどんな辛え過去があったにしても、今さら、どうにもならねえ。冷てえようだが、他人のおいらたちがほじくっても仕方のねえはなしさ、ちがうかい。だいいち、惚けた婆さまに礼なんざしても通じっこねえよ。さあ、家の連中がもどってくるめえにすがたをくらまそうぜ」

老婆は、口のなかで一心不乱に念仏を唱えている。

「おえっ、大黒さんを拝んでいやがる」

骨と皮だけの両手をあわせたさきには、黒光りした大黒天像があった。

大きな袋を肩にさげ、右手には打ち出の小槌をもち、狩衣に頭巾姿で俵のうえに鎮座している。何の変哲もない大黒天の尊像が、なぜか神々しくみえた。

露店から盗んだ粗末な品であっても、拝む者の心懸け次第で価値が変わってみえるらしい。

「へえ、そんなもんかねえ」

感心する義弟にむきなおり、三左衛門は静かな口調で諭した。

「又七よ、暮れにひとつくらい良いことをしたらどうだ」

「良いことって……まさか、せっかく盗んだ大黒さんを」

「置いてゆくがいい」

「そんなあ」

「事情をはなせば、おまつもわかってくれるさ」

「けっ、しょうがねえなあ」

大黒天像を上がり框に残したまま、ふたりは裏長屋を離れた。

「誠之介、誠之介……もう、行ってしまうのかい」

露地裏には風花（かざはな）が舞っている。

大黒天を抱いて追いすがる老婆の声が、いつまでも耳から離れなかった。

## 二

二十日を過ぎると、照降町の裏長屋にも餅搗（もちつ）きの掛け声が響きわたる。

とりわけ、引きずり餅と称される連中は威勢が良い。この時節になると、火消し人足や左官などの仕事師が町じゅうを歩きまわり、安価な手間賃で餅搗きを請けおうのだ。頼まれればその場で糯米（もちごめ）を蒸（ふ）かし、掛け声も勇ましく餅を搗いてくれる。

三左衛門とおまつの住む甚五郎（じんごろう）長屋では、毎年、大家の弥兵衛（やへえ）が音頭をとって引きずり餅を頼む。

「さあ、みなの衆、もうすぐ今年も仕舞（しめ）えだ。凶作つづきであいかわらず米は高（たけ）えし、江戸にゃ食えねえ連中がわんさか溢（あふ）れてる。疫病（えきびょう）は流行（はや）るわ、白昼堂々の辻強盗は出てくるわ、今年もろくなことがなかった。これもご政道のせいだと抜かす不埒（ふらち）な連中もいるにはいるが、今さら酢（す）の蒟蒻（こんにゃく）のと抜かしたところではじまらねえ。過ぎちまったことはしょうがねえってこと。何もかんも忘れて正月の餅を搗くぞ」

弥兵衛の鼻息は荒い。

餅搗きの手間賃を負担してやるのだという意識が強く、一世一代の大仕事とばかりに張りきっているのだ。御酒もかなりはいっているようで、赤い鼻がいつにも増して赤くみえる。

長屋の嬶アどもは、冷めた目でみていた。

「どうせ、あたしたちの尻で賄ってんだろう」

「まったくだよ。感謝するほどのことでもないさ」

長屋には総後架と呼ぶ共同の厠がある。溜まった糞尿は良質の肥料になるので、近在の百姓がわざわざ金を出して汲んでゆく。これが大家の稼ぎとなり、そのなかから餅搗き代は捻出される。

嬶アどもの言うとおり、住民たちの糞尿が正月の餅に化けるのだ。

三左衛門は配り餅にありつこうと、おすずともども皿を手にして列にならんだ。

「おっちゃん、お餅といえば年の瀬、早いものだねえ」

などと、こまっしゃくれた口を利くおすずは、まだ八つの童女にすぎない。

「さあ、みなの衆、餅を配るぞ」

搗き終えた餅が饂飩粉を塗した俎に載せられ、白い湯気をあげている。

これを姉さんかぶりの女房たちが、適当な大きさにちぎりわけてゆく。

「わあい、わあい」

悪がきどもは駈けまわり、餅の端と端を伸ばして遊んでいる。

「まったく、しょうがないねえ」

おすずは、所帯窶れした女房のような溜息を吐いた。

母親の口振りを真似ているのだろうが、ちかごろ、妙に色気づいてきたようにも感じられる。

「おっちゃん、ほら」

おすずの小さな指が差したさきに、大家の赤っ鼻がある。

ひととおり餅を配り終え、弥兵衛はわざとらしく空咳を放った。

「みなの衆、ちょいと聞いてくれ。お稲荷さんの脇に明店がひとつあったろう。そこに住むお人が決まったんだ」

「ほう」

「紹介しよう、こちらはおようさん。詳しいことは言えねえが、音羽のほうからいらっしゃった」

どこに隠れていたのか、色白の女が顔を出した。

年は三十路前後、髷は粋筋風のつぶし島田、艶めいた細面の年増である。

「さ、おようさん。長屋の連中がこれだけあつまる機会も滅多にない。ついでだから挨拶しとくといい」

「はい」

いつになく優しげな弥兵衛に背中を押され、およは恥ずかしそうにすすみでる。

そして長い睫毛を伏せ、型どおりの挨拶を済ませた。

「ふつつか者ですが、どうかみなさま、宜しくお願い致します」

男連中は生唾を呑み、嬶アどもはあけすけに眉を顰めた。

亭主も子供もおらず、どうやって食べているのかも分からない。そのうえ、岡場所のあることで有名な音羽からやってきたとなれば、十中八九、誰かの妾であろう。

嬶アどもは、あくせく働く必要のない妾を南京虫なみに毛嫌いしている。

それでも、さすがに遠慮があるのか、敢えて糺そうとする者はおらず、弥兵衛も余計なことは口にしなかった。

隣の嬶ァが誰にともなく囁いた。

「あの女、きっと大黒だよ」

小耳に挟んだおすずが、大声を発した。

「おっちゃん、大黒って何」

「ん」

返答に詰まった。

坊主の隠し妻だと応えたところで、八つの娘には理解できまい。

大黒は日蔭にひっそりと咲く花、いつも台所に居るところから、そう呼ばれるようになったという。

みなの注目を浴び、三左衛門の顔が赤くなった。

おようは俯き、顔もあげられない。

と、そこへ。

小紋を纏った大柄な女が、颯爽とあらわれた。

みなは一斉に振りむき、そちらに注目する。

三左衛門の顔に、ぱっと陽が射した。

「おまつ」

「はいな」

おまつが陽気に応じると、露地裏は一気に華やいだ。

嬶ァのひとりが歩みより、親しげに声を掛ける。

「おまつさん、暮れのお得意先廻りかい」

「そうですよ、まったく忙しないったらありゃしない。両足に肉刺をこさえちまいましたよ」

「そりゃ難儀なことだ。ご亭主に揉んでおもらいよ、うひひ」

下品に笑う嬶ァを適当にあしらい、おまつは優雅に歩んでくる。

長屋の連中は、表裏のないおまつの性分を知っていた。歯に衣着せぬ物言いや押しだしの強さを好み、何かと頼りにもしている。

高慢ちきな大家ですら、おまつには一目置いていた。

「ちょっと、おまつさん」

赤鼻の弥兵衛に声を掛けられ、おまつは丸髷をついっとむけた。

「あら、ごきげんよう」

「こちらが、例のおようさんだよ」

「例の」

「あんたにだけは、事情をはなしたはずだがねえ」

「そうでしたっけ」

「忘れてもらっちゃ困る。ま、ともかく、越してきたばかりで何かと戸惑うことも多いだろうから、おようさんの相談に乗ってあげておくれ」

「ええ、ようございますよ」

「ほ、そうかい。おまつさんにそう言ってもらえれば百人力だ。宜しく頼みますよ」

弥兵衛に促され、おようは深々と頭をさげた。

貧乏長屋とは不釣りあいの鼈甲櫛(べっこうぐし)を挿(さ)している。

おまつは会釈を返し、こちらへ身を寄せてきた。

「おすず、お餅を貰ったのかい」

「うん」

「そうかい、よかったね」

何事もなかったかのように、おまつとおすずは部屋の敷居を跨(また)いだ。

三左衛門は供人(ともびと)よろしく、小紋の背中にしたがった。

「おまつ、肉刺のできた足を揉んでやろう」

いつもなら断るおまつが、素直に頷いた。

「そうしていただきましょうかね」

おまつは衝立のむこうに隠れ、さっさと着替えはじめた。

一張羅の小紋を衣桁に掛け、絣の袖に細長い腕をとおす。

「よし、ここに尻をついてくれ」

「こうですか」

おまつは横座りになり、白足袋を脱いだ。

足の裏は皹割れ、鼻緒が擦れる甲の部分に肉刺がふたつできていた。

長い五本の指は、内側にむかって捩れている。

節々は強張り、指を開くと関節が音を起てた。

「さて、おまつよ」

三左衛門は足の裏を優しく押しながら、おもむろに切りだした。

「さっきの大家が紹介した女、あれはどういう女だ」

「ふん、おまえさんまで鼻の下を伸ばしているのかい」

「おいおい、むくれるな」

「むくれる必要なんざ、これっぽっちもありゃしないよ」

「そりゃそうだ。あんな女より、おまつのほうが美人だからな」

「おまえさんらしくもない、みえすいた嘘を吐くんじゃないよ」

ああ言えばこう言う、女とは厄介な生き物だなとおもいつつ、三左衛門は切り口を変えた。

「ひょっとして、あの女、武家の出ではないのか」

「そのとおりですよ。大家さんによれば、四年前まではどこぞのお旗本の奥方さまであられたとか」

「ほう」

のっぴきならない事情で、嫁ぎ先の旗本が改易となった。暮らしに行きづまったあげく、おようは身を売ったのだ。

「沈んださきの岡場所ってのが、音羽五丁目の鼠坂長屋と聞いたよ」

「鼠と言えば大黒だな」

「運が良いのか悪いのか、身請けしたのは袈裟衣でね。下谷万徳寺の宝珍とかいう和尚が旦那だそうですよ」

「宝珍か、ひっくりかえせば珍宝だな、ぐふっ」

「戯れていなさるのかい」

ぎろっと睨まれ、首を縮めた。

「すまぬ」

なにはともあれ、浅草のどぶ店に置き忘れた大黒天像の代わりに、照降町の裏長屋へ大黒と呼ばれる女が降臨したというわけだ。

「妙な繋がりだねえ」

おまつによれば、大家の弥兵衛には宝珍から家賃半年分にくわえ、いくばくかの手間賃が渡っているという。

なるほど、そうでもしなければ、容易に明店を借りることはできまい。

生臭坊主は檀家への配慮から、わざわざ下谷から離れた日本橋の裏長屋を選んだにしても、いったい誰の紹介で甚五郎長屋を借りたのか。

三左衛門のさらなる問いかけを、おまつが遮った。

疲れているので、これ以上は喋りたくないらしい。

「おまえさん」

「ん、どうした」

「もっと……もっと、しっかり揉んどくれよ」

「お、すまぬ、これでどうだ」

「うっ」

三左衛門が足の裏のつぼを押すと、おまつは激痛に顔を歪めた。

三

何事もなく十日が過ぎた。

襷掛け姿のおまつは、ほっと溜息を吐いた。

「あっというまに晦日だよ」

師走は何かとやらねばならないことが沢山ある。

縁起を担いだ行事も多く、竈祓えもそのひとつだ。

火を司る荒神に感謝を捧げ、一年の厄を祓い、火の元の安全を祈念する。それが竈祓えである。

土間の欅台にしつらえた竈は黒い漆喰塗りで、罅割れや接げ落ちは行商の竈塗りに頼んで補修してもらった。

荒神棚は塵ひとつなく掃き浄められ、胡粉をまぶした荒神松が献じられている。

十三日には、厄除けの役割を果たす鶏の絵馬も飾りかえた。

用意は万全、あとは梓巫女にでも加持祈禱を頼めばよい。

九尺二間の狭苦しい部屋にも、竈祓えの巫女はあらわれた。

もはや、神憑りになっている。

「さようなら、ここにて竈じめいたしましょう」

疳高い声を発し、じゃらんじゃらんと鈴を鳴らす。

三左衛門、おまつ、おすずの三人が神妙に頭を垂れると、若い巫女は左右の袖を振り、鈴を鳴らしながら土間を跳ねまわった。

「あきゃっ、うひゃっ」

あまりに狭いので壁にぶつかり、上がり框で脛を打ち、仕舞いには腰高障子を尻で破ってしまう。それでも、巫女は長い黒髪を振りみだし、鈴を鳴らしながら大声で祝詞を唱えつづける。

「やんもしろや、荒神の御前をみやれば、あらたかや、あらたかや」

おすずは最初、正気を失ったかのごとき巫女に畏れをなしていたが、祝詞の文句が可笑しいのか、今では腹を抱えている。これを窘めようとするおまつも笑いころげ、三左衛門も肩を揺すって大笑いしはじめた。

「神の御前なるぞ。方々、不謹慎ではござらぬか」

巫女に叱られても、三人は笑いつづけた。

ようやく、おまつが笑いをおさめ、十二文のお捻りと米三合の謝礼を巫女に手渡して帰ってもらう。

「ああ、笑った笑った」

「これで福が来るぞ」

「それなら嬉しいんだけどねえ」

兎にも角にも竈祓えは済んだが、暮れも押しせまると、さまざまな人が駆けこみで訪ねてくる。

見知った顔から見知らぬ顔まで、仲人をやった若い男女が挨拶に訪れたかとおもえば、節季候たちが割竹を叩きながら物乞いにあらわれる。物乞いならまだよいが、いちばんやってきてほしくないものは大晦日の掛取りだった。

庶民は年二回の節季払いが常なので大晦日は総勘定の日、借金のある連中は納戸や長持に身を隠さねばならない。債鬼をやりすごせば、少なくとも三月は遅延できるからだ。それはどの家もおなじようで、隣近所の亭主どもは前日から露地裏を右往左往している。

そういえば、おようは餅配りの日から一度も訪ねてこない。

おまつは気にも掛けず、それならそれで放っておけばよいと、つれなかった。


夕刻、見も知らぬ人物が「福」を携えてあらわれた。

「ごめんくださいまし」

敷居の外で丁寧にお辞儀をする初老の男は、風体から推すと武家奉公の中間だった。身に纏った着物も本人も草臥れており、怖ず怖ずとした態度がいっそう惨めな印象を与えた。

「こちらに、浅間三左衛門さまはおいでになられましょうか」

「いかにも、拙者が浅間三左衛門だが」

「ほ、助かりました」

男は肩を撫でおろし、誘われるがままに敷居を跨いだ。

「手前の名は丑蔵と申します。かれこれ二十有余年、さるお旗本にお仕え申しあげた中間にござります」

「はあ」

丑蔵という名をどこかで聞いたような気もしたが、三左衛門はすぐにおもいだせなかった。

背後に控えるおまつは、不審げに眉を顰めている。

「じつはこれを」

丑蔵は風呂敷包みをほどいた。

差しだされた三寸足らずの木像を目にし、おまつは「あっ」と口を押さえた。

「ご覧のとおり、歳の市の大黒さんにござります。年が明けるまでにお返し致さねば、おたがいの身の上に災難が降りかかりましょう。と、かように大奥さまは仰せになり、手前にご返却の役目をお申しつけになられました」

「それはそれは」

三左衛門は事情を察し、折り目正しく膝をたたんだ。

「いや、かたじけない。じつを申せば、いつぞやのご無礼を陳謝(ちんしゃ)しにまいらねばと考えておったところが、つい、暮れの忙しさにかまけてそれもできず、ご足労いただくはめになった次第」

ぺこりと頭を垂れると、丑蔵は恐縮した。

「どうか、お顔をおあげください。手前は使いにすぎませせぬ」

「丑蔵どの」

「はい」

「さぞや、大奥さまはお怒りでおられような」

「一日のうちの大半は、正気を失っておられます」

「ふむ、失礼ながら、そのようにお見受け致した。されど、拙者の名をはっきりと憶えておられたのだな」

「はい、誠之介さまにうりふたつのお方だと、大奥さまは仰せに」

「誠之介どのとは、ご子息のことかい」

「いかにも、さようにござりまするが、四年前、お亡くなりになられました」

「なに」

「大奥さまは、いまだに信じておられません」

丑蔵は下をむき、じっと土間を凝視めた。

「いいえ、信じたくないのでござりましょう。誠之介さまが御首(みしるし)を抱いてご帰宅なされたときから、大奥さまはあのようになってしまいに」

「丑蔵どの、ひとつ訊いてもよいか」

「何でしょう」

「首を抱いて帰宅したとは、どういうことかな」

「は、じつは」

鬼頭誠之介は江戸城中奥において、将軍家斉が食事を摂る際に配膳をおこなう御小納戸役のひとりだった。

神経の磨りへる役目である。一日に三度、料理の作られる大厨房から毒味のおこなわれる御膳所、さらには長い廊下を渡って家斉のいる御小座敷にいたるまで、懸盤と呼ぶ梨地金蒔絵の膳を阻喪なく運ばねばならない。

誠之介は五年間勤めたなかで、たった一度だけ役目を失敗った。

廊下で滑ってつるんと転び、鯉こくの汁をぶちまけてしまったのだ。

その日のうちに腹を切らされ、不浄門と呼ばれる平河門から魚臭い首を抱いた遺骸となって運びだされた。

当主の不始末は、家の改易を意味する。

鬼頭家は新興旗本だが、三千石余りの家禄を有していた。下谷の拝領屋敷もかなりの大所帯で、住みこみの使用人も大勢抱えていた。ところが、肝心の嫡子に恵まれず、無嫡改易を免れるための方策を練っていたやさきの出来事であった。

覚悟していたとおり、ほどなくして改易の沙汰が下され、遺族は住みなれた拝領屋敷から逐われることとなった。

遺族とは、誠之介の実母と嫁である。

使用人たちは離散し、身寄りのない丑蔵だけがのこった。

身寄りがないといえば、嫁もおなじであったという。

「実家へもどされたのではなかったのか」

三左衛門に糺され、丑蔵は首を横に振った。

「いいえ、奥方さまも天涯孤独でいらしたのです」

そもそも、嫁は御家人の娘で、茶会か何かで誠之助に見初められた。

実家にこれといった財産はなく、いわゆる持参金のない裸嫁として嫁いできた。

姑に良い顔をされるわけがない。しかも、鬼頭家へ嫁いだのち、嫁は両親を相次いで亡くした。くわえて、子ができないとなれば、肩身の狭いおもいを抱かざるを得なかった。

事実、凶事が勃こる直前まで、姑と嫁の仲は冷えきったものだったらしい。

ところが、当主の切腹が皮肉にもふたりを強い絆で結びつけることとなった。

「おぬしも入れて、三人で暮らしはじめたのか」

「はい、最初の一年だけは拝領屋敷にほど近いしもた屋を借りて住むことができました」

鬼頭家には他家へ養子に出した次男があった。姑が次男に泣きつき、雀の涙ほどの金子を仕送りしてもらっていたのだという。

たとい、戸籍上は赤の他人になっても、産んでくれた母親にたいする子の愛情は不変であろう。母の窮状を鑑みれば、できるだけのことはしてあげたいと考えるのが、ふつうの子ではあるまいか。

ところが、次男は氷のように冷たい人物だった。

みずからに火の粉が降りかかるのを恐れてか、様子見に訪れることもなく、ただ世間体を憚って、ほとぼりがさめるまでのあいだ、わずかな援助だけはおこなう腹積もりであった。

丸一年が経過すると、援助はぱたりと途絶えた。

三人はしもた屋を逐われ、貧乏長屋への引っ越しを余儀なくされた。

丑蔵は、淡々とつづける。

「暮らしはすぐに行きづまり、路頭に迷いはじめたとき、檀那寺の和尚さまがふらりと訪ねてこられました」

「檀那寺とは、鬼頭家と誠之介どのの墓がある寺の和尚ということだな」

「さようにございます」

和尚は嫁にむかって、とある提案をおこなった。

岡場所へ身を売れば、安く見積もっても五十両余りの金ができる。その金を寺へ預けてくれさえすれば、残された義母の面倒をみてやろうと、坊主らしからぬことを囁いた。

姑は正気のときに反対したが、嫁のほうは黙りこんだ。

この際、背に腹はかえられない。

病弱な姑のためにも、暮らしの保証は欲しい。

「とどのつまり、奥方さまは身を売られたのでございます」

実母ならわからぬではないが、相手は確執のあった姑である。

そんな姑のために身を犠牲にするとは、殊勝な嫁だなと、三左衛門はおもった。

「数日後、人相の悪い連中が踏みこんでまいりました」

姑は半狂乱になり、部屋のなかを暴れまわった。

一方、嫁は項垂れたまま、静かに長屋を去った。

「ちょうど、三年前の暮れにございます。小雪のちらつく寒い日で……手前はただ、奥方さまが連れてゆかれるのを眺めているほかになく……おもいだすだに、情けないはなしでござります。奥方さまはいったい、どこへ売られてしまったのか、今はどうしておられるのか、それすらもわかりません」

檀那寺の和尚からも「詮索をするな」と、釘を刺された。

「この三年で八度も引っ越しいたしました」

理由は店賃が滞ったからで、引っ越すたびに劣悪な住まいになった。

「なるほどなあ」

三左衛門は、どぶ店の饐えた臭いをおもいだした。

白髪の痩せた老婆が生きつづけていられるのは、むしろ、物忘れがすすんでいるおかげかもしれない。

嫁が居なくなって丸三年、先日、和尚から金銭の面倒を打ちきる旨の通告があった。当面は内職仕事の手間賃があるので、姑の面倒をみることはできるものの、今の暮らしをいつまでつづけられるかわからないと、丑蔵は嘆いてみせる。

「他人様に、とんだ愚痴を聞かせてしまいました」

「気にいたすな。これも大黒天がとりもった縁だ」

「それにしても、切ないはなしだねえ」

おまつは目頭を押さえつつ、おすずの肩を抱きよせた。

そして、律儀者の中間に正月用の餅を持たせてやった。

「もったいない。貴重なお餅でござりましょう」

「いいんですよ。小豆も付けてあげるから、汁粉にでもしておやりなさい」

「ありがとう存じます。大奥さまがどれほどお喜びになられることか」

丑蔵は何度もお辞儀をし、とぼとぼ帰ってゆく。

唇もとに笑みを湛えた大黒天の尊像は、おまつの手で神棚に祀られた。

四

大晦日の晩、厄男には厄落としの妙な慣習が課せられる。

穿きふるした褌に銭百文を包み、人知れず四つ辻へ捨ててこなければならないのだ。

来年は本厄を迎える三左衛門もおまつに命じられ、親父橋を渡った葺屋町河岸の四つ辻へ褌を捨ててきた。

「誰かに見咎められやしなかったかい」

「ああ、入相を選んだのがよかったな」

通行人の影は薄暮に紛れ、真夜中よりもかえって見つかりにくかった。

「川のそばで誰かの悲鳴を聞いたような気もしたが、あれはたぶん空耳だな」

空耳でなかったにしろ、どこかのおっちょこちょいが雪道で滑って転んだ程度のことだろう。三左衛門は気にも留めず、素知らぬ顔で汚れ褌を落とし、その場から足早に去ってきた。

「なにはともあれ、おまえさんの厄落としは無事に済んだね。もうひとりの疫病神は、どうしちまったんだろう」

「又七のことか」

「あのすかたん、晦日蕎麦を食べにくるはずなんだけど」

噂をしているところへ、又七が赤ら顔であらわれた。

「姉さん、すっかり遅くなっちまった」

「おまえ、できあがってんのかい」

「へへ、おいらはほら、顔がひろいだろう。そこいらじゅうで馳走になってね。いやあ、呑まされた、めえったね……おっ、おすずじゃねえか、ちょっと見ねえあいだに可愛くなったなあ」

「ふん」

「ふんって……おすず、鼻を鳴らすこたあねえだろう。又七のおっちゃんが褒めてやってんだぜ」

「酔い蟹なぞに褒められたかないわい」

「あんだと、この」

おすずは知らぬふりをきめこみ、部屋の隅でお手玉をやりはじめた。

「けっ、母親とおんなじで愛想のねえ娘だぜ」

すかさず、奥から声が掛かった。

「又七、おすずを悪く言ったら承知しないよ」

「はいはい、わかりましたよ。ところで義兄さん、親父橋を渡ったさきの四つ辻で妙なものを拾ったぜ」

「妙なもの」

「見せてやろうか」

又七は酒臭い息を吐き、懐中から襤褸布のようなものを取りだした。

おまつとおすずは心配顔で、こちらを注目している。

ぷうんと肥溜めの臭いが漾ってきた。

又七は戯けた調子で鼻を摘んでみせる。

「こいつはね、どっかの酔っぱらい野郎が脱ぎ捨てた汚れ褌にちげえねえ。ところが義兄さん、驚いたことに銭が包んであったのさ」

誰も応じるものはいない。

三左衛門もおまつも、おすずまでが口をぽかんと開けている。

「あれ、みんな、どうしちまったんだい」

おまつは顔色も変えずに身を寄せ、出しぬけに又七の月代(さかやき)をひっぱたいた。

「痛っ、な、何すんだよ」

「おまえってやつは、底抜けの莫迦(ばか)だね」

「いったいぜんたい、どうしたってんだ」

「そいつは、このひとの穿きふるしだよ」

「げっ」

「厄落としの褌さ、知らないのかい」

又七はきょとんとし、首を横に振った。

「厄落としの褌を拾っちまったら、捨てたひとの厄まで拾うことになるんだよ」

「するってえと、おいらは義兄さんの厄を拾っちまったわけか。そいつはやべえな」

ぺしっと額を叩き、又七は褌を土間へ抛った。

「おいおい、そんなところへ捨ててどうする」

慌てて拾おうとする三左衛門を、おまつが止めた。

「だめだよ、そいつは又七に拾わせなきゃ」

「姉さん、拾ってどうすりゃいい」

「もう一度、ふたりで捨ててくるのさ」

おまつに命じられ、又七は汚れ褌を摘みあげた。

「おえっ」

「吐くんじゃないよ」

「へへ、何とかもちこたえたぜ」

「又七、百文はどうしたんだい」

「へ」

「ねこばばするんじゃないよ」

「わかってますって」

又七は袖口から銭を取りだし、汚れ褌にくるんだ。

「さあ、行くぞ」

三左衛門は戸外へ出るなり、ぎゅっと襟を寄せる。

降りはじめの雪が風に煽られ、斜めに吹きつけてきた。


人気のない四つ辻を探そうと、ふたりは親父橋を渡った。

左手へすすめば芝居町、右手は陰間茶屋があることで有名な芳町、ふたりが足をむけたのは淫靡な匂いのするほうだ。

河岸や表通りには、恐い掛取りどもが提灯を片手に徘徊している。

なかでも異様な光景は、一群となって歩む座頭たちだった。

つけ狙われているのは、高利の座頭金を借りた連中である。

「あいつらだけにゃ追いまわされたかねえな」

又七は吐きすてるなり、ぶるっと肩を震わせる。

芳町の露地裏へ踏みこむと、さっそく、化粧した優男が声を掛けてきた。

「ちょいと、遊んでってくださいな」

三左衛門は手を振った。

「寄るな」

「そんな、つれないことを仰らずに」

「おぬしら、大晦日も客を引くのか」

「ええ、忘れられない夜にしてさしあげますよ」

陰間の差しのべる手を振りはらい、暗い露地裏へ踏みこむ。

「旦那方、そのさきへ行っちゃだめだ」

さきほどの陰間が、背中へ叫びかけてきた。

又七は何をおもったか、くるっと踵を返す。

「おい、どこへ行く」

「へへ、義兄さん、さきに行っててくれ」

「しょうがないやつだな」

さらに暗がりをすすむと、地べたに何者かの気配が蠢いた。

「うぬ……ぐぐ」

禿頭の男が褌一枚で倒れている。

「おっ、坊主だ」

いつのまに戻ったのか、又七がすぐうしろで叫んだ。

「義兄さん、生きてるぜ」

「どれ」

屈みこむと、坊主は薄目をあけた。

「お、お助けを」

「義兄さん、喋ったぜ」

「ああ、助けてほしいらしい」

坊主は、顔のかたちが変わるほど撲(なぐ)られている。

「つ、辻強盗に……や、やられました」

「そいつは災難だったな」

三左衛門は羽織を脱ぎ、震える坊主の肩に掛けてやった。

「か、かたじけのう……ござります」

「なぜ、芳町なんぞを彷徨(うろつ)いておったのだ」

「葺屋町河岸から親父橋を渡ろうとしたところ、三人の破落戸(ごろつき)にとりかこまれました」

「ひょっとして、襲われたのは入相刻(いりあいどき)か」

「は、はい」

三左衛門は、川のそばで聞いた悲鳴をおもいだした。

「そうか、あれか」

目鼻のさきで坊主が襲われているとは、おもいもしなかった。

「鳩尾（みぞおち）をどんと蹴られ、気づいてみたら丸裸でここに寝かされておりました」

盗まれた黄檗染め（おうばくぞめ）の袈裟衣（けさごろも）は、古着屋に売ればかなりの高値で売れる代物（しろもの）だった。財布のなかにはお布施（ふせ）が五両ほど入っていた。それもそっくり盗まれたらしい。

「盗人どもの顔を見たのか」

「いいえ、しかとは」

「だったら、捕まえるのは難しいな」

「命があっただけでも、儲（もう）けものです」

「ま、そういうことだ」

「申し遅れましたが、わたしは下谷万徳寺の住職にございます」

「なに、下谷の万徳寺だと」

「ご存知で」

「おぬし、珍宝和尚か」

「逆さです、宝珍にござる」

「そうか、宝珍であったな。おぬし、照降町の甚五郎長屋に大黒を住まわしておろう」

「ど、どうしてそれを」

「知らぬはずはない。長屋の住人だからな」

「さようでしたか。これも天のお助け……ありがたや、ありがたや」

「誰も助けるとは言うておらんぞ」

「へ」

宝珍は眸子を瞠り、また震えだした。

年齢は五十前後、坊主にしてはでっぷり肥え、剃りあげたあたまのてっぺんが尖っている。豪奢な袈裟衣を纏えば、たいそう立派な住職にみえるであろう。

三左衛門は宝珍の顔に鼻を近づけ、くんくん臭いを嗅いだ。

「おぬし、ちと酒臭いぞ」

「いけませぬか、檀那衆のところで馳走になりましてね」

今どき、不飲酒の戒律を厳守する坊主などいない。とでも言いたげに、宝珍はふてぶてしくも口をひんまげた。

「ご坊、これからどういたす」

「どうするとは」

「親父橋を渡るのか。それとも、渡らずに寺へもどるのか」

「渡りとうござる。およう のところへ行けば着替えもありますし」

「おぬし、不邪淫戒も破る気か」

「いけませぬか」

　宝珍は居直ってみせた。

　そもそも、坊主は女犯すら御法度、隠し妻のあることが知れたら、まちがいなく島流しになる。

　しかし、それは建前で、とやかく言う役人はいない。

　坊主を捕まえて島送りにするよりも、お布施の一部を袖の下で貰っておいたほうが賢いからだ。

　同心の八尾半四郎から、三左衛門は腐敗しきった役人の実態を聞いていた。

「世も末だな」

　溜息を吐くと、宝珍がふらつきながらも立ちあがった。

「お侍さま。ご迷惑でなければ、長屋までご同道願えませぬか」

「なぜ、同道せねばならぬ」

「夜道が不安なもので。もちろん、長屋に着きましたら謝礼を致します」

「謝礼は結構だ」

「でも」

「同道はできぬ。ちと、やらねばならぬことがあってな」

振りかえると、又七がへらついた調子で応じた。

「義兄さん、褌の件なら済ませたよ」

「なんだと、いつのまに……ちゃんと四つ辻に捨てたのだろうな」

「捨てるに忍びなくてね、へへ、さっきの陰間にくれてやったのさ。年の暮れに福がきたと喜んでたよ」

三左衛門は絶句した。

暗がりに目をほそめても、それらしき陰間はどこにもいない。

又七はうやうやしく、宝珍の手を取った。

「さ、和尚さま、参りましょう」

過分な謝礼でも期待しているのだろう。

三左衛門は怒りをとおりこし、呆れかえってしまった。

## 五

大晦日は町じゅうで賑やかに年越しを迎える。

大路の左右には商家の高張提灯が掲げられ、店先には軒よりも高く荷箱が積みあげられている。真新しい染暖簾に注連飾り、門松もすでに用意されている。雪道に所狭しと軒をつらねるのは食べ物屋の露店、福寿草や南天などの鉢売りも店を出し、耳を澄ませば獅子舞や神楽の笛太鼓が聞こえてくる。

町木戸の閉まる亥ノ刻（午後十時）を過ぎても、弓張提灯を提げた人々の往来は激しい。初日の出にむかう者も多いが、寝ずに元旦を迎えれば寿命が延びるという縁起を担ぎ、市中をただ彷徨いている連中も少なくなかった。

縁起を担ぐことにかけては、おまつも人後に落ちない。

眠い目を擦るおすずを叱咤しながら、子ノ刻の鐘を聞こうと張りきっている。

「おまえさんは年男なんだから、豆を撒いてくださいな」

大晦日の鬼儺は、宮中行事の追儺に由来する。疫鬼を逐うためには、ほかにも柊の葉に鰯の頭を添えて戸口へ挿したりしなければならない。

「晦日蕎麦も食べなくっちゃね、それからおまえさん、年が明けたらすぐに井戸から若水を汲んできておくれよ」

「ああ、わかっておる」

「それにしても、あのすかたん、他人様のお宅で何をやってんだろう」

又七は宝珍に同道しておようのところへ行ったきり、一刻（二時間）ちかくも帰ってこない。

おまつには丸裸の坊主を助けたはなしは聞かせたが、褌が陰間の手に渡ったことは内緒にしておいた。

それと知れれば、どのような手段を講じてでも、取りもどせと命じられるにきまっている。冗談ではない。汚れ褌一丁を奪いに陰間茶屋の敷居を跨ぐことなど、まっぴらごめんだ。

ともあれ、長屋内とはいえ、お調子者の義弟を迎えにゆく気にはならなかったし、おまつもそうしてほしい素振りをみせなかった。

雪は音もなく降りつづいている。

もうすぐ子ノ刻の鐘も鳴ろうかというころ、又七が帰ってきた。

したたかに酔っぱらい、おように肩を担がれている。

「姉さん、帰ったぜ」

「あらあら、今時分まで何をやってんだろうねえ、この莫迦は」

ふたりとも、雪をかぶって真っ白だ。

「さあ、なかへ入って戸を閉めとくれ。芯から凍えちまうよ」

「へへ、合点承知之介でやす」

又七はおように雪を払ってもらい、締まりのない顔で笑ってみせる。

「姉さん、生臭坊主とすっかり意気投合しちまってね。うひひ、こちらにおわす大黒さまにゃお世話になりやした」

不肖の弟はそう言ったきり土間へ頽れ、鼾をごおごお掻きはじめる。

「とんだご迷惑をおかけして、すみませんねえ」

おまつはすっかり恐縮し、上がり框に両手をついて謝った。

おようは土間の隅に佇み、済まなそうに手をそよがせる。

「こちらのほうこそ、危うく凍え死ぬところを助けていただき、感謝しております。あのこれを……詰まらぬものですが」

怖ず怖ずと差しだされた白い手から、おまつは和紙にくるまった棹状のものを受けとった。

「食べかけですけど、大久保主水の煉羊羹です」

「あら」

おまつの顔がぱっと明るくなった。

大久保主水といえば日本橋本銀町(ほんしろがねちょう)にある御用達(ごようたし)、煉羊羹は高級な菓子の代名詞である。しかも、食べかけと聞かされたが、ほとんど新品も同然だった。

「お気を遣わせて、何だかすみませんねえ」

「とんでもございません。拝借いたしました旦那さまのお召し物は、後日、お返し申しあげます」

洗濯して返すつもりなのだろう。大黒にしては、しっかりした女だ。

おまつは気の利いた返礼の品も浮かばないらしく、上がり框に手をついたきり、困った顔をしている。

「それでは、良いお年を」

おようは頭を垂れ、戸外へ逃れていった。

暗がりでもういちどお辞儀をし、雪道を滑りながら帰ってゆく。

「ふう、行っちまったよ」

待ってましたと言わんばかりに、おすずが羊羹に手を伸ばす。

「だめだめ」

おまつは、さっと取りあげた。

すくなくとも、松の内は食べられまい。新年の客が見えるたびに薄く切って茶菓子に出し、客が遠慮して食べないようなら、おなじものを何度も出す。余ったかたまりの表面に砂糖が白く粉を吹いてきたら、ようやく家の者は相伴にありつける。それが大久保主水の煉羊羹なのだ。

「つまんない」

おすずは口を尖らせ、あやとりをはじめた。

腰高障子のむこうでは、しんしんと雪が降りつづいている。

やがて、あらゆるものの魂を浄化する梵鐘が鳴りわたった。

「年が明けたね」

「おめでとう」

「今年もどうぞよろしく」

おまつの音頭で挨拶を交わし、又七も起こしてみなで静かに屠蘇を呑む。

「おまえさん、おめでたいところで一句」

と促され、三左衛門は顎を撫でた。

趣味といえば釣りと投句、どちらかを選べと言われれば投句を採る。

それほど好きなら、即興で風雅な狂句のひとつもひねりだせそうなものだが、今宵はどうしたわけか片言も浮かんでこない。

「それなら、わたしが詠ませてもらいましょ。褌を捨てて和尚を拾いあげ、これぞまことの厄落としなり」

「ほほう、屠蘇のせいで口が滑らかになったな。よし、なればわしも。ありがたや訪ねきたりし大黒の、煉羊羹は大久保主水」

「義兄さん、そのまんまじゃねえか」

「だったら、おまえも詠んでみせろ」

「よしきた、年の瀬に呑んで浮かれて夢をみる、ひとつ褥に大黒さまと……どうでえ、色っぽいだろう」

すぐさま、おまつが噛みついた。

「おまえ、まさか、おようさんに惚れたんじゃないだろうねえ」

「惚れちゃまずいのかい」

「まずいにきまってんじゃないか、このちゃらっぽこ」

又七は目が据わっている。

「おいらがみたところ、大黒は坊主に惚れてやしねえ。金で縛られてるだけさ」

「そんなこと、あたりめえだろう。誰が好きこのんで大黒なんぞになるもんか」

「姉さん、それだけじゃねえんだ。およう さんは宝珍のことを恨んでる。できることなら雪道で冷たくなってくれればよかったものをと、おいらの耳に囁いたんだぜ」

「莫迦なことをお言いでないよ。呑みすぎて耳がおかしくなっただけさ」

「およう さんはこうも囁いたぜ。宝珍を殺めておくれとな」

「又七、そのあたりでやめとかないと、舌を引っこぬくよ」

年明け早々から、姉弟は口喧嘩をやりはじめた。

いつのまにか雪は熄み、薄明がちかづいている。

「そろそろ、行かなくちゃね。おすず、仕度をしなさい」

「はあい」

初日の出を拝むなら、高輪や芝浦や愛宕山あたりが良いとされている。

が、三左衛門とおまつはおすずと又七を連れ、湯島の高台へむかった。

高台から初日の出を拝み、妻恋稲荷に立ちよって夫婦円満を祈念する。

おまつに出逢ったときから、元日早朝の行く先はそれときまっていた。

明け六つ、四人は無事に御来光を眺め、明け烏の鳴き声を聞きながら帰路についた。

そして、照降町の裏長屋へ舞いもどると、若水を沸かして福茶を呑んだ。

福茶には、昆布締めと細かくちぎった梅干しの果肉を入れる。

湯を沸かして茶を淹れるのは、三左衛門の役目だ。

節分の豆打ちから門松立て、歳徳棚の飾りつけなどもすべて任された。

おまつによれば、旦那が正月に福茶を淹れたり餅を焼くのは、むかしから縁起の良いこととされているらしい。

みなで屠蘇を嘗めたあとは、昼過ぎまで夜具にもぐりこむ。

貧乏人はどこの家もおなじ、元日は寝て過ごすのだ。

空は昏く、道も家も人も雪布団に覆われている。

元日の町は、死んだように静まりかえっていた。

## 六

正月二日はよろず物はじめ、出初め、書き初め、弾き初め、初湯、初荷と初づくし、家々の戸口には門付があらわれ、そこいらじゅうでお囃子が鳴りひびく。

裃姿で闊歩する赤ら顔の商人たちは、上戸の年始廻りであろう。

悪がきどもは、わがもの顔で凧あげをしている。正月は往来を占位しても咎める者とていない。双六売りやお年玉の扇売り、鮨売りや辻宝引きなどが往来を行き交い、前日とは打って変わって町に活気がもどった。

おすずは唇もとに紅を差し、新調した花模様の振袖を纏っている。

書き初めのお題は「福壽」の二文字、手習い師匠の配った安倍川餅を携え、意気揚々と帰ってきたところだ。

三左衛門と又七は、初湯に入れば若返るというので銭湯へ行った。

又七は銭を余計に払って二階へあがり、今ごろは近所の隠居爺と将棋を指しているところだろう。

おまつは朝から年始廻りにむかったが、なにぶんにも得意先が多いため、ひとつところでゆっくりとしてはいられない。門礼か年礼帳への記入だけで済ませ、さっさと裏長屋へ帰ってきた。

帰ってきたはいいが、どうにも顔色がすぐれない。

「熱でもあるのか」

糺してみれば、浅草のどぶ店へ顔を出してきたという。

「惚けた婆さまのところへ行ったのか」

「ええ、どうにも気になっちまってね」

「ふうん」

お節介焼きのおまつらしいなと、三左衛門はおもった。

「大奥さまは千代さまと仰って、わたしのことをお嫁さんと勘違いなさったんだよ。わたしの手を取り、静音、静音と呼びつづけてね、ほんとうに済まなかった、どうか赦しておくれと、涙まで零したんだ。何だか、こっちまで泣けてきてねえ」

「嫁の名は静音というのか」

「そうだよ」

千代は嫁の顔を忘れていたが、大久保主水という菓子屋の屋号はちゃんと憶えていた。

奥で聞き耳を立てていたおすずが、膝で躙りよってくる。

「おっかさん、そのお婆さまはどうして大久保主水の名を」

「煉羊羹を土産に携えていったのさ」

と聞き、おすずは半べそを搔きはじめる。

「安心おし、おまえのぶんはちゃんと取ってあるから」

「ほんとう」

「茶簞笥の奥に入っているよ、あとでお食べ」

「はあい」

自分はありつけないことを悟り、三左衛門は項垂れた。

酒も好きだが、甘いものにも目がない。煉羊羹は食べたことがないので、楽しみにしていたのだ。

「おまえさん、悄気た顔してどうしたんだい」

「別に」

「中間の丑蔵さんが仰るには、爪に火をともすおもいで貯めたなけなしの金を掛取りに巻きあげられちまってね、雑煮の具も買えないらしいんだよ。可哀相に、それもこれもみいんな檀那寺の和尚のせいさ」

三年前、静音が岡場所へ身を売ってこしらえた五十両余りの金は檀那寺へ預けられた。それと交換条件に千代の面倒をみてやろうと約束したにもかかわらず、和尚は暮れに援助を打ちきると通告してきた。

いくら算盤を弾いてみても、三年間で支払われた金子は二十両にも満たない。残金が着服されたのは明白で、坊主に体よく騙されたも同然だった。

文句を言えば、永代供養料の代わりだと主張され、どこへなりとでも訴えでるがよいとひらきなおられる。墓に参ってみればぺんぺん草が生えており、丑蔵は口惜しいおもいを嚙みしめながら、月に一度は草むしりと墓掃除を怠ることができなかった。

「糞坊主め」

「おまえさん、驚いてはいけないよ」

じつは、その糞坊主が宝珍なのだと、おまつは吐いた。

「そんなことだろうとおもった」

「これも大黒さんの導いた宿縁かねえ」

おまつは神棚を仰ぎ、歳の市で盗んだ大黒天像に柏手を打つ。

「宿縁といえば、あのおようさん、もしかしたら静音さまかもしれないよ」

「まさか」

とは応えたが、たしかに、苦界に沈む以前の境遇は似ていた。

今の名はおようだが、むかしの名を捨てたということも考えられる。

おまつは丑蔵に、静音の容姿を詳しく訊ねてみたらしい。

「うん、それで」

「似ているような似ていないような。泣き黒子でもあればはっきりするんだけど」

「丑蔵に確かめさせればよい」

「そうも考えたけれど、何やら差し出がましい気もしてねえ」

「それにしても、あの糞坊主、いかにも怪しいな」

おようが静音本人であったならば、みずからの口利きで女衒に売った女を、三年で身請けしたことになる。

通常では、考えられないことだ。

売り先とのあいだで当初から、三年間は擦りきれるほど稼がせ、三年後には身請けする約束でもあったのではないか。

そんなふうに、勘ぐりたくもなってくる。

「おまつよ、腹黒い坊主のことだ。ひょっとしたら最初から、運に見放された美しい後家を大黒にするつもりだったかもしれぬぞ」

「だとしたら、赦せないよ。でも、今さら、どうなるっていうのさ。おようさんは宝珍に身請けされちまった以上、大黒の身分を逃れることはできないんだよ。それに」

まんがいち、千代と暮らすことができたとしても、それがおようにとって幸せかどうかはわからないと、おまつは指摘する。

「なるほど、そのとおりかもしれん」

苦界を逃れた途端、自分の顔さえ忘れてしまった姑の面倒をみるはめになるのだ。

きっと、辛いにちがいない。

だが、おようなら、それを望むかもしれないと、三左衛門はおもいたかった。

「おまえさん、どうしよう」

「それとなく、大黒に聞いてみるか」

「誰が聞くの」

「おまえさ」

「ごめんだよ、そんな役目は引きうけたかない」

おまつは、口をへの字に曲げた。

露地裏のほうから、おすずの手毬歌が聞こえてくる。

「本町二丁目は糸屋の娘、姉は二十一、妹は二十歳、妹ほしさに願掛けて、伊勢へ七たび熊野へ三たび、愛宕さまへは月参り」

なにやら、物悲しい歌だ。

昨日、三左衛門は井戸へ若水を汲みにゆき、おようが嬶ァどもから陰湿な嫌がらせを受けているのをみた。

順番を守って並んでも、若水を汲ませようとしないのだ。

大黒は妾よりも一段低くみられる。妾宅といえば黒板塀に江市屋格子のしもた屋を想像しがちだが、坊主はけちなので、大黒はたいてい家賃四百文の貧乏長屋に住まわせられた。

男に食わせてもらっている女が長屋に住めば、あたりまえのように軋轢が生じる。大黒の給金は月に一両二分が相場、それは下女が一年で稼ぐ給金にほかならない。

坊主の伽をする罰当たりな行為もさることながら、楽をしてひとよりも遥かに稼ぐことへのやっかみが、日常の辛い仕打ちになってあらわれる。

手毬を抱えたおすずが戸口にあらわれ、おまつに大黒の由来を訊ねた。

「おっかさん、あの女のひと、どうして大黒って呼ぶの」

「なんだろうね、この娘は」

「教えておくれよ、ねえ、おっかさんたら」

「知らないよ」

「へえ、おっかさんでも知らないことがあんだね」

賢しげに首を捻り、おすずはぷいと横をむいた。

おまつは由来を知っている。面倒なので説明しないだけだ。

そんなことより、おようが静音であるかどうかを確かめなくてはならない。

もし、本人ならば、どうにかして宝珍のもとから逃し、そのうえで姑の所在を教えてやりたかった。

が、おまつの腰は重い。

「いったい、どうしたらいいんだろう」

神棚に飾った大黒天像を仰ぎ、おまつは深々と溜息を吐いた。

## 七

正月三日は恒例の大黒詣で、おまつの音頭で上野三十六坊の東叡山護国院へむかった。

護国院には三代将軍家光の寄進した大黒天の画像があり、拝んだものには幸運がめぐってくるという。東都七福神のひとつにも数えられ、霊験は著しい。

とりわけ、尊前に供えられた餅を湯に浸し、その湯を呑めば年中の邪気が払われ、福徳を授かるとか。これが「大黒の湯」とか「ご福の湯」などと称され、参詣者に分けあたえられる。

おまつがこの功徳に飛びつかぬはずはない。

又七も入れた四人は、朝から護国院境内にできた長蛇の列にならび、大黒の湯で煮た粥を啜った。

照降町へもどってみると、長屋じゅうが何やら騒がしい。

「大黒が盗まれちまったんだよ」

と、嬶ァのひとりが好奇心もあらわに囁いた。

おようが破落戸どもに「わっしょい、わっしょい」と神輿も同然に担がれ、どこかへ連れさられたというのだ。

住人たちは棟割長屋の奥に集まり、ひとりの男を遠巻きに眺めている。

「ちょいとごめんよ」

又七が人垣を掻きわけた。

「あ、珍宝野郎だ」

稲荷の脇にある部屋の腰高障子が無惨にも蹴破られ、破れ衣を引っかけた宝珍が敷居のところで寒そうに座っている。

「この生臭坊主め」

住民のひとりが吐きすてた途端、罵詈雑言の嵐が吹きあれた。

大家の弥兵衛が騒ぎを聞きつけ、血相を変えて駈けてくる。

「みなの衆、どうしたのだ」

「どうしたもこうしたもねえ」

応じたのは錺職で、気っ風の良い独り者だ。

錺職によれば、今しがた高利貸しの手先どもが露地裏にあらわれ、宝珍に撲る蹴るの暴行をくわえたあげく、おようを借金のかたに連れさったのだという。

顔を醜く腫らした宝珍に、同情の余地はない。

「この坊主、大黒なんぞを囲っていながらよ、借金だらけでどうにも頬返しがつかねえ塩梅だったのさ」

「まことか、それは」

弥兵衛は、驚きの色を隠せなかった。

本来なら騒ぎの責任をとらせたいところだが、半年分の家賃を貰っているので「出てってくれ」とも言えない。

宝珍はぴくりとも動かず、放心したままだ。

「けっ、坊主がとんだ疫病神になっちめえやがった」

誰かが痰を吐くと、人垣から失笑が洩れた。

「付きあっちゃいらんねえぜ」

住人たちは三々五々、家へもどってゆく。

宝珍は正気にもどり、弥兵衛に顎をしゃくった。

「大家どの、見てのとおりだ。当面は住む必要もなくなったが、借りておくよ」

「家賃を頂戴している以上は、口出しもできぬ。壊れた障子戸だけは、そちらの負担で換えてもらいますよ」

「ふふ、案ずるな。わしの寺では明日から檀那廻りがはじまる。寺納豆を配って経のひとつもあげれば、喜捨がわんさかはいってくる」

寺が潤えば、住職の自分も潤う。そうすればまた、新しい大黒を住まわせることもできるとでも言いたげに、宝珍は呵々と嗤った。

弥兵衛は逃げるように去り、三左衛門たちだけが残った。

おまつが凜とした調子で言いつける。

「又七、おすずを連れて家へおもどり」

「そりゃねえぜ、こっからが面白(おもしれ)えとこだろう」

「つべこべ言わずに行くんだよ、ほら」

又七は尻を叩かれ、渋々ながらもおすずの手を引いた。

ふたりの影が消えた途端、宝珍は腹を抱えて嗤った。

「ぐはは、こいつは可笑(おか)しい」

醜い猪豚(いのぶた)めと蔑(さげす)みつつ、三左衛門は糺した。

「ご坊、何がそれほど可笑しいのだ」

「袋叩きにされた惨めな自分が、どうにも可笑しゅうてならんのよ」

「妙なやつだな」

「そう言うおぬしは……ん、どこかで見たことがあるとおもうたら、いつぞやの、陰間に汚れ褌を取られた浪人者か」

三左衛門はおまつの目を感じたが、空咳(からぜき)を放ってごまかした。

「くふっ、都合の悪いことを喋ったかのう。ま、気にいたすな。世の中というものは、おもうようにいかぬ。まさしく寸善尺魔(すんぜんしゃくま)じゃ、悪いことばかりで善いことなどこれっぽっちもありやせぬ。なればよ、破戒(はかい)坊主となって肉食をやり、大黒を囲って肉欲に溺(おぼ)れ、刹那(せつな)の快楽を求めるのもまたひとつの生き方、それが善か悪かは何人にも判じがたし。いずれ三途の川を渡り、閻魔王庁にてみずから浄玻璃の鏡に映してみぬかぎりは、善か悪かの判断はつきかねぬというものじゃ」

「坊主が口にすることばとはおもえぬな」

「わしも、我欲に囚われた生身の人間よ」

「ひらきなおりか、おぬしのことはもうよい。なぜ、おようを奪われた」

「大黒ひとりで借金がちゃらになった。あの莫迦ども、わしから搾ろうとおもえばいくらでも搾れたろうに、目先の金にしか目を呉れなんだ。ふふ、大黒も使いようじゃ、こうしたときのために囲うておいたのが幸いした」

「なんだと」

腹の底から、怒りが湧いてくる。

さきに爆発したのは、おまつのほうだ。

「大黒も使いようとは、どういう意味だい」

「意味などない、そのまんまさ」

「あんた、おようさんを好いていたんだろう。だから身請けしたんじゃないのかい」

「あいにく、好いたの好かないのといった気持ちはこれっぽっちもない。女なぞ宵の慰みにすぎぬ。おようは岡場所に三年も沈んでおった。汚れ褌ならぬ汚れ女なのさ」

「なんだって、聞き捨てならない台詞だねえ」

「威勢が良いな、おまえさんは何者だ」

「又七の姉だよ」

「十分一屋のおまつさんか。又七さんの仰ったとおり、滅法気の強いお方のようじゃ。なれど、赤の他人のおまえさんが首をつっこむはなしではない」

「そうは烏賊の睾丸だよ」

おまつは小鼻をぷっと張り、啖呵を切ってみせる。

「おようさんはおんなじ長屋の住人だ。困っている者があったら相身たがい、助けあうってのが長屋の決まりさ。この件に関しちゃ黙っちゃいられないんだよ」

「そうやって力んでもらっても困る。おようはやつらの手に渡った。もはや、誰がどう足掻こうと、もどってはこぬ」

「やつらってのは、どこのどいつだい」

宝珍は、ふっと片頬で笑った。

「やつらの親分は交喙の左源次といってなあ、音羽の界隈ではちと名の知れた貸元さ。これが見掛けによらず信心深い男で、坊主を救えば功徳があると説いたところ、大金を貸してくれたのじゃ。無論、取りたてとなれば容赦はせぬ。腕の立つ用心棒を飼っておってなあ、借りた相手がごねた途端、間髪容れずに腕の一本くらいは斬りおとすのだぞ」

「物騒な連中だねえ」

「口八丁なおまえさんでも歯の立つ相手ではない。余計なことに首を突っこまぬほうがよい」

三左衛門はおまつに、腿の裏をおもいきり抓られた。

痛みを怺えて振りむけば、何とか言ってやれと目顔で訴えている。

「ご坊、ひとつ教えてくれ」

三左衛門は、ことばを絞りだした。

「ん、まだ何かあるのか」

「おようの身請け代にいくら使った」

「そうさなあ、百五十両ほどは使ったかのう」

「鼠坂長屋の相場は、座敷持ちなら一切六百文、廻り女郎は百文と聞いておる。

身請け代とはいえ百五十両は破格だな」

「およう は武家出身の女。それゆえ、破格なのじゃ」

「なるほど、されば、おようのほんとうの名は何と申す」

「はあて、何であったかの、拙僧は知らぬよ」

「知らぬはずはない」

三白眼で睨みつけると、宝珍は顔をそむけた。

「たしか、静音といったか」

「さようか」

三左衛門は動揺もみせずに発し、つつっと宝珍に身を寄せた。

みっともなく肥えたからだを板塀に押しつけ、右手で睾丸を握るや、次第に力を籠めてゆく。

「うぐ……や、やめてくれ」

「この生臭坊主、とぼけるでないぞ。三年前、おぬしは鬼頭家の姑と嫁を騙し、静音どのを岡場所へ売った。そればかりか、三年後にまんまと静音どのを請けだし、無体にも性の奴僕たらしめた。最初からそのつもりであったのだろうが、白状せい」

宝珍は禿頭に膏汗（あぶらあせ）を滲（にじ）ませ、何度も頷いてみせる。

「小汚い睾丸を潰されたくなかったら約束しろ。何があろうとも今後一切、静音どのには関わりをもたぬとな」

「わ、わかった」

「それからもうひとつ、鬼頭家の永代供養を怠るな」

「や、約束する」

「約定（やくじょう）を破ったら、こいつを握りつぶしにゆくぞ」

「ひぇっ」

右手を強く握ると、宝珍は白目を剝いた。

おまつは褒めてよいのかどうかもわからず、複雑な顔で佇んでいる。

「おまえさん、どうするつもりなのさ」

ひとを焚（た）きつけておきながら、心配顔を寄せてくる。

「わしに任せておけ」

勝算があるわけでもないのに、三左衛門はぽんと胸を叩いてみせた。

# 八

交喙は、嘴の上下が嚙みあわぬ六寸足らずの冬鳥である。

ぎょっぎょっと、えげつない鳴き方をする。

交喙の異名をもつ左源次とは、相当に拗けた男なのだろう。

音羽の貸元ならば、鼠坂長屋ではたらいていた静音を知らぬはずはない。

静音は武家出身ということもあり、音羽ではぴんの遊女として知られていた。

宝珍の借りた二百両余りをちゃらにしたほどだから、左源次も静音はまだまだ稼げると踏んだにちがいない。

三左衛門はただひとり、音羽へむかった。

不浄役人の八尾半四郎に助力を請う手もあったが、半四郎は奉行直属の用部屋手付同心に昇進して以来、何かと忙しそうで気軽にことばも掛けづらい。

それに、公権力を笠に着た手法はできるだけ避けたかった。

「何とかなるさ」

強がってはみても、音羽の大路を歩んでいると不安が募ってくる。

空は灰色で、あたりは昏い。

八つ刻（午後二時）を過ぎたばかりなのに、入相刻のようだ。

息は白く、風花がちらちらと舞いはじめている。

五丁目のさきから左手に曲がると、桂林寺の甍がみえてきた。

三左衛門は門前を通りすぎ、なだらかな坂道をしばらくすすんだ。

坂の中腹に黒板塀がつづき、塀のうえから垂れさがった枝先に真紅の寒椿が咲きほころんでいる。

板塀が途切れたあたりに朱門がでんと構え、門の両側に太鼓暖簾がはためいていた。紺染めの暖簾には左源次の「左」の字が白抜きにされており、訪ねてくるものを威圧している。

三左衛門は腹を決めた。

「たのもう」

敷居を跨いで呼びかけると、能舞台なみの広い板間に乾分が顔を出した。

すぐにでも、匕首を抜きそうな面をしている。

「何用でえ、用心棒ならまにあっているぜ」

「左源次の親分に取りついでくれ、野暮用でな」

「何が野暮用だ、親分を虚仮にするんじゃねえぞ」

「わかった、わかった。何でもよいから取りつげ」

「あんだと、このさんぴんがあ」

埒があかないので、三左衛門は上がり框に近づき、乾分の髷をひょいと摑んだ。

「げっ、何さらすんでえ」

騒ぎを聞きつけ、乾分四、五人がどやどやあらわれた。

じたばたする男の髷を放してやると、頰の痩けた若い男がすすみでてきた。

「おれは龍二だ、若い者を束ねている。おめえさんは」

「照降町の浅間三左衛門」

「照降町、もしかして、おようの知りあいかい」

「知りあいではない。わしは大黒天のつかわしめである」

咄嗟に、嘘が口を衝いて出た。

龍二は目を剝き、ぺっと唾を吐いた。

「大黒の使いだと、莫迦抜かしてんじゃねえぞ」

「おぬしら、おようを長屋へ返したほうがよい」

「それが用件かい」

「ああ、そうだ」

「残念だったな、おようは借金のかたに貰いうけた。坊主の目のまえで貸付証文を破いちまったからにゃ、こっちのもんさ。どこの馬の骨だか知らねえが、文句は言わせねえ。もっとも、樽代を払うってんなら、はなしは別だぜ。へへ、風体から推すと、そいつはどうも期待できそうにねえな」

「いくらだ、聞いておこう」

「三百両さ。耳を揃えて払えるかい」

「無理だな」

がくっと、龍二はずっこけた。

「だったら、はなしは仕舞えだ。帰んな」

「そういうわけにはまいらんのだ」

「あんだと」

「力ずくでも奪ってやる」

「ふん、おもしれえ」

龍二は、ぱんぱんと手を打った。

「先生、辺見先生、出番ですぜ」

奥の暗がりから、用心棒が登場した。

頬まで無精髭を生やしたむさ苦しい四十男だ。

庇のような額の奥に、金壺眸子が光っている。

辻斬りでもやりかねない山狗だなと、三左衛門はおもった。

上がり框の上と下で睨みあう両者から離れ、龍二が脅しをかけてくる。

「辺見先生は居合の達人だ、そっから三歩でも近づいてみな。右腕をばっさり斬りおとされるぜ、へへ」

「よしきた」

三左衛門は顔色ひとつ変えず、膝を繰りだす。

辺見は肩を怒らせたまま、身じろぎもしない。

「三歩近づいたぞ。ほれ、右腕はちゃんとある」

刹那、辺見が抜いた。

「ふえっ」

白刃が鼻面を嘗める。

ふたつの影は重なり、一瞬にして凍りついた。

「やったか」

乾分どもは結末を見定めようと、固唾を呑んでいる。

三左衛門は、刃を抜いていない。

大刀を鞘ごと抜き、柄頭を相手の鳩尾にめりこませていた。

辺見は刀を取りおとし、剝がれおちるように落ちてゆく。

土間に粉塵が舞った。

「うわっ」

乾分どもは色めきだち、腰を抜かす者まである。

「だから、言わんこっちゃない」

三左衛門は龍二にむかって、にっこり微笑んだ。

「親分を呼んでこい。さもなくば、刃を抜かねばならぬ」

「しゃらくせえ」

龍二は匕首を抜き、上がり框から跳ねとんだ。

三左衛門は脇差を抜きはなち、低い姿勢から伸びあがる。

「ふん」

濤瀾刃が閃いた。

越前康継は易々と匕首を弾き、龍二の首根を横薙ぎに薙いだ。

と、おもいきや、くるっと峰にかえされ、首筋を打った。

「うきょっ」

龍二は白目を剝き、棒のように倒れてゆく。

乾分どもは声を失い、がたがた震えだした。

「つぎは容赦せん。腕の一本くらいは頂戴する」

もはや、掛かってくるものなどいない。

「左源次を呼べ」

三左衛門は身を沈め、見事な手捌き（てさば）で刃を納めた。

唐突（とうとつ）に、舞台の袖から喝采（かっさい）が聞こえてきた。

「お見事、お見事」

縞（しま）の丹前（たんぜん）姿で颯爽（さっそう）と登場したのは、五十がらみの固太りの男だ。

額は広く、目鼻は大きく、尖った口は妙なかたちに曲がっている。

「交喙（いすか）か」

「そうよ、おれが交喙の左源次だ。おめえさん、おようを返してほしいのけ」

「おう」

「なら、条件がひとつある」

「なんだ」

「男をひとり殺ってくれ。なあに、この世に生きてちゃいけねえ悪党さ。死んでも悲しむものなんざいねえ」

「呑めぬな。わしは人を斬りたくない」

「それなら帰ってもらうしかねえ……と言ったら、どうする」

「坊主を斬る」

「坊主、宝珍をか」

「ああ」

「なぜ」

「やつは嘘を吐いた。左源次は存外に信心深い男ゆえ、事情をはなせばおようを返してくれるかもしれぬとな。それを信じたわしも莫迦だが、平気で嘘を吐く坊主など赦してはおけぬ」

「待て、事情ってのは何だ。おめえさんの口からまだ何も聞いてやいねえぜ」

「聞かぬほうがよい。聞いてしまったうえで女も返せぬとなれば、大黒天に祟られる」

「大黒天だと」

「言うまい。どっちにしろ、宝珍もおぬしも終わりだ。早晩、血を吐いて死ぬ」

「おいおい、わけのわからねえことをほざいてんじゃねえぞ」

左源次は、あきらかに狼狽えている。

三左衛門の仕種は、いっそう芝居掛かったものになった。

「ふふ、どうしても聞きたいというのなら、教えてやろう。よいか、今日は甲子、神棚に二股大根を奉じ、子灯心を点けて大黒天を祀らねばならぬ日だ。いにしえより、大黒天は遊女のすがたを借り、この世に降臨することが知られておる。かのおようこそ、大黒天の化身なのだ」

「けっ、あほらしい」

「おようを粗略にあつかえば、災いが降りかかる。疫病神のようなものでな、関わったものはみな、不審死を遂げるのよ。嘘とおもえばそれまで、何の関わりもないわしがそのことを伝えにきたのは、初夢にて大黒天の啓示があったからじゃ」

「初夢で」

「さよう。おようを取りもどすことが難しいとなれば、おようが大黒天の化身であることを伝えよ。右の秘密をおぬしに伝えぬかぎり、わしが血を吐いて死なねばならぬ運命であった。ふふ、さあ、喋ったぞ。左源次よ、秘密を聞いた以上、おぬしは再来月の甲子までに無惨な死にざまをさらすであろう」

「ちょっ、ちょっと待ってくれ」

「何を待つ」

「おめえさん、ほんとに、おようとは縁もゆかりもねえおひとなのか」

「嘘を吐いてどうする。わしは半年前まで北国街道を旅しておった。餓えて路傍に臥していたところを六部（行脚僧）に救われた。六部が申すには、江戸へ行き、日本橋は照降町の裏長屋で宝珍なる寺僧に逢えという。何かよいことがあるのかと問えば、六部は首を横に振った。ただ、わしの顔に死相が浮かんでおるので、寿命を延ばしてやりたいだけのことだという。すなわち、宝珍を介して大黒天の恩恵に縋れば、死なずに済むというわけだ。わしは六部のことばを信じた。およう とは、ことばを交わしたこともない。されど、かのものが大黒天の化身であることだけはわかる。これ以上は喋るまい。下手に関われば大黒天の怒りに触れる。あな恐ろしや、わしはまだ死にとうない」

「待て、おようをどうすれば、おれは助かる」

「助かりたいのか」

「あたりめえだ」

「されば、早急に元の鞘へ戻すべし。そして、これを」

三左衛門は重々しく告げ、おもむろに懐中へ手を差しいれると、歳の市で又七が盗んだ大黒天像を取りだした。

「これは六部より授かった大黒天の尊像、この尊像を神棚に奉り、銅の柄杓で粥をかけて供養するのだ。これは浴餅供と申してな、ついでに蕎麦粉を練って宝珠をつくり、三日三晩、大黒天の真言を唱えつづければ、やがて、救いの神はあらわれよう」

「大黒天の真言とは」

「教えてやろう。オンマカキャラヤソワカ」

「オンマカキャラヤソワカ……舌がもつれちまうぜ」

「大黒天の真言を唱えつつ、五更（明け方）に日供をあげて供養すればよい。そもそも、大黒天は商家に富貴栄達を与える神仏、まかりまちがえば左源次一家も栄えるときが来るやもしれぬ」

「まことで」

「災いを転じて福となす。まさに、おようの件がそれだ」

自分でも不思議なほど、立て板に水のごとく、口からでまかせが飛びだしてくる。

そのでまかせを、左源次は信じてしまった。

「おようを返す気になったか」

「すぐにでも返してやらあ」

「さればひとつ、良いことを教えてやる」

「良いこと」

「宝珍のことだ。あやつ、おぬしを蔑んでおったぞ。とは申せ、あれでも何百人もの檀那衆を抱える寺の住職だ。叩けばいくらでも美味い汁を吸える。手はじめは寺納豆さ」

「寺納豆」

「ああ、わしが調べたところでは、宝珍は蒲の葉だか根茎だかを粉末にして納豆に混ぜ、仏の薬だと称し、檀那衆に法外な高値で売りつけておる」

「なるほど、そいつは耳寄りなはなしだ」

「ちょいと脅してやれば金になるぞ。儲けの半分を貰うがよい。そうすれば、大黒を岡場所に沈めるよりは何倍も美味い汁を吸える」

宝珍は鬼頭家の女たちに酷い仕打ちをした。この程度の灸は据えても構うまい。

「そいつは妙案だぜ」

左源次は、すっかりその気になった。

九

七日の朝、三左衛門は門松を抜き、抜いた跡へ梢を折って挿しこんだ。

家内安全を願う厄除けのひとつである。

さらに、注連縄などの縁起物もはずし、総後架のそばで長屋の連中といっしょに焚きすてた。

今朝は快晴である。

——とんとん、とんとんとんとん。

棟割長屋からは、軽快な包丁の音が聞こえてきた。

女房たちが七草粥に入れる薺を俎のうえで叩いているのだ。

「唐土の鳥が日本の土地へ渡らぬさきに七草なずな」

包丁を叩きながら拍子をとり、繰りかえし唱えつづける。

七草叩き、これも厄除けの一種である。

唐土の鳥とは姑獲鳥（うぶめ）のこと、夜目が利き、人間の魂を食う鳥として知られる。また、人家の軒下に捨てられた爪を食いにくるともいわれている。姑獲鳥の食う爪は薺入りの水茶碗に浸した爪で、七日に切り初めをするので七草爪と呼ぶ。

「唐土の鳥が日本の土地へ渡らぬさきに七草なずな」

おまつも小気味よく包丁を叩き、おすずといっしょに唄っている。

三左衛門は「大黒傘」と称する古傘の骨を削り、油紙を貼りつけながら、まどやかな気分に浸っていた。

そこへ、訪ねてくるものがあった。

中間の丑蔵である。

白髪まじりの髪を乱し、眸子（まなこ）を真っ赤に腫らしている。

三左衛門の脳裏に、不吉な予感が過（よぎ）った。

おまつは包丁を置き、姉さんかぶりの手拭いを剝ぎとった。

「どうなされたの」

丑蔵は敷居の外でお辞儀をし、遠慮がちに入ってくる。

「じつは昨夜遅く、大奥さまがお亡くなりに」

「え」

医者の診察(みたて)ではこれといった死因もなく、どうやら、衰弱死であったらしい。

「安らかなお顔でした。まるで、お眠りになられているような」

「そうでしたか」

「今宵、お通夜をとりおこないます。おいでいただけますか」

「ええ、伺いますとも」

おまつは目頭を押さえ、ひとしきり泣いた。

そして、気丈さをとりもどし、腰をあげた。

「お茶でも飲んでいってくださいな」

「いいえ、そうもしていられません」

「お手間はとらせませんよ。お訊ねしたいこともあるし」

「さようですか。では、すこしだけ」

丑蔵は履物を脱いで畳にあがり、小さくなって座った。

お茶が出され、湯気を吸いこむように、丑蔵は啜った。

おまつが遠慮がちに問いかける。

「静音さんのご様子は」

「ぼうっとなされたまま、お食事も召しあがりません」

「それなら、お午に七草粥をこさえにいってさしあげましょう」

「よ、よろしいのですか」

「ええ、お安いご用ですよ。元気づけてさしあげたいから、きっと伺いますよ」

交喙の左源次のもとにあった静音は、四日の晩にひょっこり照降町へ戻ってきた。地獄から生還できた理由も知らず、戸惑っていたところへ、おまつが訪ねていった。

おまつは詳しい経緯には触れず、ただ、逢わせたい人のあることを告げた。名を告げずとも、静音にはそれが誰かはすぐにわかった。

姑に逢いたくなければそれでもよい。気持ちはどうかと訊くと、静音は今でも一番逢いたい人だと応えた。

夫の誠之介を失ったのち、心の空洞を埋めてくれたのが千代であった。もはや、血を分けた親兄弟はこの世にいない。自分にとって唯一心を慰められる相手が千代なのだと、静音は泣きながら訴えたのである。

翌朝、おまつは静音を連れ、浅草のどぶ店を訪ねた。

丑蔵には伝えてあったが、千代は正気ではなかった。

静音のことを嫁とわからず、石地蔵のように黙りこんでしまった。

が、痛ましい姑の様子がかえって、静音の胸を打ったようである。

その晩から褥のそばで寝起きし、甲斐甲斐しく面倒をみはじめた。

静音には、姑と生きる覚悟ができていたのだ。

そうした矢先の不幸であった。

二日二晩、ともに過ごして安心しきったせいか、千代は穏やかな終焉を迎えた。

「大奥さまはお亡くなりになるまで、正気には戻られませんでした。ただ、いまわのきわで静音さまの手をお取りになり」

誠之介をよろしくたのむ、くれぐれもたのむと、涙ながらに懇願してみせたという。

おまつは溜息を吐いた。

「やりきれないはなしだねえ。でも、心おきなくあの世に逝かれたはずだよ」

「そのとおりだとおもいます」

「丑蔵さん、おまえさんはこれから、どうなさるの」

「大奥さまの菩提を弔いながら、どこかでほそぼそと……なあに、男ひとりなら、どこでも生きていけやす」

「困ったことがあったら、遠慮なく仰ってくださいね」

「ありがとう存じます。おまつさんにそう言っていただくだけで、手前は……手前は」

丑蔵は、ことばに詰まってしまった。

おまつは涙が零れぬよう、天井を仰いだ。

「相身たがい、人は助けあっていかなくちゃね」

「はい」

丑蔵は頭を垂れ、どぶ店へ戻っていった。

「ねえ、おまえさん」

「おう」

「静音さんはこれから、どうなさるんでしょう」

「又七に聞いたがな、三味線（しゃみせん）の師匠になって娘たちに教えるのが夢らしい」

「それなら、三味線指南の看板を掲げればいいんだね」

昨日、住人たちの総意で、宝珍は長屋から追いだされることとなった。

騒ぎだしたのは、意外にも、静音をいじめていた嬶ァどもであった。

姑との事情を知って同情を禁じ得ず、みなで大家を突きあげたのだ。
あまりに五月蠅(うるさ)いので、弥兵衛も渋々ながら認めざるを得なかった。
いま、甚五郎長屋の稲荷脇には、明店がひとつある。
静音さえ戻ってきてくれれば、こんどこそ長屋の連中は歓迎するにちがいない。
「三味線か、わしも習ってみようかな」
うっかり口を滑らせた途端、三左衛門はおまつにぎろりと睨まれた。

# 富の突留札

## 一

如月二日は「二日灸」といって効験が著しいとされ、幼子までが親に灸を据えられる。

長屋じゅうから悲鳴や泣き声が聞こえてくるのは、そのせいだ。

また、この日は霜月に信濃や越後から出稼ぎに来た椋鳥たちが膝下の三里に灸を据え、それぞれの田舎へ帰郷する日でもある。日本橋の大路を歩んでいても落ちつかないのは、道中装束の連中が土産を物色しているせいだ。

三左衛門は毎度のように投句の引札を貰うべく、伊勢町から浮世小路の取次茶屋へむかった。

引札を貰い、散策の道すがら横丁の縄暖簾で一杯ひっかける。

夏でも冬でも、その習慣だけは変わらない。

取次茶屋の格子むこうには、顔馴染みの若い衆が座っていた。

十二文の入花料を払って投句を提出し、それと交換に前句付出題帖の引札を貰う。

引札には点者が七・七形式で詠じた狂歌の前句が載っており、入花者はこれに五・七・五の付句を詠みあわせて投稿する。上席に選ばれた付句は一句立の川柳となり、絵馬や摺り物などに公表される。

「まいど。旦那、今日は梅日和ですね」

「ん、風流なことを抜かすではないか」

「他人様の狂歌を扱っておりますから、それなりに」

「花鳥風月に通じ、人生の機微に長じるとでも申すのか」

「そうは申しておりませぬが」

「おぬし、年はいくつだ」

「二十歳になりました」

「名は」

「おぬしの名を聞くのはこれがはじめだな」

「亀吉と申します」

「亀吉か。茶屋には何年も通いつめたが、おぬしの名を聞くのはこれがはじめだな」

「手前には双子の兄がおりまして、名を鶴吉と申します」

「鶴に亀か、縁起がよいな」

「福寿鶴亀と申せば初夢を誘う妻恋稲荷の夢枕、双子がおぎゃあと生まれたのも正月二日にございます」

それはことのほか縁起がよいと、撫仏の願掛けよろしく、亀吉の顔やからだを触りにくる女房たちも少なくないとか。

「まことかよ」

「はい」

「で、兄の鶴吉は何をやっておる」

「もとは富の札屋でしたが、今は第付を売っております」

「第付」

「影富ですよ」

「ふうん」

影富とは非合法の富くじ、小銭で札を買い、本富の一の富（一等）に賭ける。当たったところで儲けは知れており、庶民のちょっとした娯楽にすぎぬ。にもかかわらず、影富の賭博行為はお上から厳しく禁じられていた。

「旦那も験直しにおひとついかがです」

「何を」

「ですから、影富」

「扱っておるのか」

「ええ、内緒で」

「いくらだ」

「入花料とおんなじですよ」

「十二文か、それがいくらになる」

「当たれば一朱になります」

一朱は三百七十五文なので、おおよそ、三十倍の儲けになるという勘定だ。

「わるくないな」

「でげしょう。手前は引札のほかに夢も売ります」

「夢にしてはちっちゃいけどな」

「旦那、ご興味がおありなら教えて進ぜましょう。富興行は毎日のようにやっておりましてね。五日は目黒のお不動さん、八日は杉の森稲荷、十一日は両国回向院で十三日は愛宕の薬師さま、そして十六日は湯島の天神さま、十八日は谷中感応寺、二十日はまた杉の森稲荷で二十二日は浅草金龍山、これらすべてに影富の札がありましてね、よりどりみどりというわけです、うふふ」

亀吉は陰間のように妖しく笑った。

一の富にも百両富、百五十両富、三百両富と、いろいろある。

「いちばん高いのはどこだ」

「ええっと、八日の杉の森稲荷が三百両富ですね」

「よし、そいつの札をくれ」

といっても、本富の札を買うわけではない。

当たっても一朱の影富札だが、何だかどきどきしてくる。

「まいどあり」

三左衛門は浮世小路を離れ、一の富を当てた気分で縄暖簾をくぐった。

いつもより酒量がすすみ、銭の足りないぶんはつけで呑ませてもらう。

顔見知りの連中と与太話でさんざ盛りあがったあと、ふらつく足取りで家路についた。

まだ昼の日中、太陽が眩しい。

「亀吉は茶屋の格子で夢を売り」

と、戯れ句を詠んだ。

夢と言ってもたかが一朱、札が紙屑になっても構うまい。酔いが醒めても後悔などするものか。

「おまつ、夢を買うてきたぞ」

三左衛門は長屋へもどってくるなり、酔いの勢いで叫んだ。

おまつは縫い物の手を止め、怪訝な顔をつくる。

「夢だって……ついにいかれちまったよ」

「まあ聞け」

三左衛門は、浮世小路の茶屋で影富札を買ったはなしを告げた。

「あら」

おまつは切れ長の眸子を瞠り、驚いてみせる。

「じつはね、わたしも誘われて富札を買ったんですよ」

一の富が三百両と聞き、三左衛門は身を乗りだした。

「ひょっとして、杉の森稲荷の富札か」

「ええ、八日のね」

「以心伝心というやつだな」

ただし、おまつが買ったのは本富の札、幕府公認の御免富である。

「ほら、これ」

おまつはさり気なく、胸元にすっと指を差しいれた。

取りだされた長さ五寸ほどの和紙には、合印、番号、興行日、興行場所が明記され、世話人の割印が捺されてある。影富の札よりもひとまわり大きく、紙も厚い。

「これが金一分の富札か、へえ」

「わたしひとりじゃ買えやしませんよ」

親しくしている口入屋の女主人が音頭をとり、女三人の仲間を集めた。一枚の札を数人で分割する割札という方法である。ひとり一朱ずつ出しあって札を買い、しっかり者のおまつが管理をまかされたのだ。

「一の富が当たる割りあいは二千人にひとりだってさ」

河豚毒に当たって死ぬ確率のほうが、数十倍も高い。

「でも、当たるような気がするってところが不思議だよね」

夢をみるとは、そういうことだ。

「お付きあいで買ったはいいけれど、おしま姐さんに妙なはなしを聞いちまってね」

「おしまってのは誰だ」

「あらいやだ、お忘れかい。口入屋のおしま姐さんじゃないか」

元吉原の住吉町に女専門の『越前屋』という口入屋を構えている。四十を越えた大年増で気っ風が良く、おまつとは馬が合う。商売柄、顔がひろいので、客を何人か紹介してもらったこともあった。

ほかに札を買ったのは、芳町で三味線指南の看板を掲げるおひさと、橘町で金的屋を営むおなかである。四人は従前から仲が良く、甘味処などで世間話をする機会も多い。

おしまが語ったのは、突富で百両を当てた男のはなしだった。

「勘太といってね、甚五郎親方のところの若い衆さ」

大工棟梁の甚五郎は照降長屋の地主でもあり、まんざら縁がないわけでもない。

勘太は三年前に一両を当ててから、富の病みつきになった。本富の札は一枚一分、大工の一日ぶんの稼ぎに相当する。勘太は女房に内緒で稼ぎのほとんどを注ぎこみ、札を買うために借金までしたという。

一の富を当てたのは、正月五日に催された目黒不動尊龍泉寺の興行においてであった。本堂へ通じる男坂の左脇には独鈷の滝がある。勘太はその滝で水垢離までやり、よく当たると評判の札屋でお不動さまの富札を買った。

「滝に打たれて百両か。それなら、わしでもやるぞ」

「お正月の寒垢離だよ。おまえさんにできやしないさ」

一分が百両に化けたものだから、勘太の周囲は大騒ぎになった。本人は「当たった当たった、盆と正月がいっしょに来やがった」と浮かれ調子で触れまわり、仲間たちから羨ましがられた。

「このはなしには、つづきがあるんだよ」

と、おまつは顔を曇らせる。

さっそく、勘太は翌朝、目黒不動へ賞金を貰いにいった。

そして、大金を抱えて帰る途上で暴漢に襲われ、還らぬ人になってしまったのである。

「可哀相に、ご新造は二十歳で寡婦になっちまった。富狂いの大工といっしょになったばっかりにねえ」

勘太は胸を突かれて死んだらしいと、おまつは説明する。

賞金をそっくり盗まれていたので、町奉行所は事情を知っている者の犯行と疑い、大工仲間を洗ってみた。が、いまだに下手人の目星すらついていない。

「有頂天で触れてまわったのが仇になったな」

「大金を摑んでも命を縮めたら元も子もないよ。おしま姐さんのはなしを聞いたら、富に当たるのが恐くなっちまってねえ」

「はは、当たる気でおるのか」

「あたりまえだろう」

一朱あれば、極上の旅籠に一泊二食付きで泊まることができる。下り酒なら二升、薪ならば十日ぶんの燃料に相当する十束余りは買える。一等を当てるつもりでなければ、おいそれと出せる金額ではない。

「おしま姐さんはね、妻恋稲荷の夢枕を買ったのさ」

そういえば、取次茶屋の亀吉も言っていた。夢枕は縁起物の木版刷り、正月二日の晩に枕の下に敷いて寝ると良い夢を見るという。『福寿鶴亀』と『七福神の乗合宝船』の二種類が湯島の妻恋稲荷から売りだされ、人気を博した。

「姐さんの初夢に弁天さまが降臨なすってねえ、仲の良い女四人で富を買えばきっとご利益があるっていうお告げを頂戴したんですよ」

「ふうん」

「ほら、お札をご覧な」

興行主は「江ノ島岩本院」とあった。

「なるほど、江ノ島といえば弁天さまか」

「そうですよ。杉の森稲荷の三百両富がね、なんと弁天さまの勧進だったんですよ」

女たちは奇縁を感じ、夢のお告げを信じてしまった。

浅はかな、という台詞を、三左衛門は呑みこんだ。

二

如月初午の稲荷祭りには、湯島の妻恋稲荷へ詣でる。

縁結びを商売にするおまつにとって、それは毎年の欠かせない習慣だった。

夫婦円満にご利益があるとなれば、三左衛門も付きあって祈りを捧げねばならない。おすずも白狐の描かれた奉納絵馬を携え、早朝、眠い目を擦りながらおまつの背にしたがった。

妻恋稲荷までは、筋違橋御門前の八ツ小路から昌平橋を渡り、神田明神の杜を通りすぎて左手の急坂を登る。

根雪はあらかた溶けてしまったので、坂道で足を滑らす心配はない。

それにしても、今朝はずいぶん冷えるなと、薄暗い空を仰げば、白いものがちらちら落ちてきた。

「おっかさん、雪」

「ほんとだ、牡丹雪だね」

娘は母に寄りそい、暖を分けてもらっているかのようだ。

坂を登りきると、五色の幟で飾られた鳥居がみえてきた。

石段をのぼったさきの境内に、梅が咲きほころんでいる。

――シジュウ、シジュウ。

啼いているのは鶯ではなく、山里から飛来した四十雀だ。

財布が始終空になっては困るので、江戸の商人は四十雀を毛嫌いする。正月明けで商売の暇な今時分によくみかけるため、意地悪鳥とも呼ばれているらしい。

「いやな啼き声だよ」

おまつが両耳を塞いで通りすぎると、おすずも面白がってその仕種をまねた。

早朝ということもあり、人出はさほどでもない。

賽銭箱のある本殿に歩んでゆくと、髷を島田くずしに結った年増がひとり、甃の参道を行ったり来たりしていた。

「おまつ、あの年増、緡束を手にしておったぞ」

「お百度詣りだね」

手にした藁しべは往復の回数を数えるためのもの、年増は参道の途中にある石灯籠を百度石に見立て、賽銭箱とのあいだを滑るように往復している。

なんと、跣であった。

「気合いがはいっておるな」

「茶化したらいけないよ……あっ」

おまつは口に手を当て、棒立ちになった。

「どうした」

「おしま姐さんだ」

「口入屋の女主人か」

小柄で華奢(きゃしゃ)な印象だが、肌の色艶が良いせいか、年齢よりもずいぶん若くみえる。おしまは妻恋稲荷で『福寿鶴亀』の夢枕を買い、初夢にあらわれた弁天のお告げにしたがって、おまつに富札買いを持ちかけた。

初午の願掛けは、格別のご利益があるという。

「いったい、何の願掛けだろうね」

「一の富に当たるように、ではないのか」

「いくらなんでも、富のためにお百度は踏まないよ」

おまつはどうにも居心地が悪そうだ。鉢合わせになったら、おしまもばつが悪いにちがいない。

「おっかさん、あのひとは誰なの」

おすずは好奇の目を輝かせ、お百度詣りを凝視(みつ)めている。

その眼差しを感じたのか、おしまがこちらをちらりとみた。

願掛けの途中で会話を交わせばご利益はなくなる。おまつに気づいても、黙って会釈をするだけだ。

手にした藁しべは残りすくない。

おそらく、丑ノ刻（午前二時）あたりから燈明だけを頼りに歩みつづけてきたのだろう。

皹の足は真っ赤に腫れ、膝は震えているのにちがいない。

「おっかさん、わたしもやってみたい」

「だめだよ」

おまつにぴしゃりと言われ、おすずは口を尖らせた。

何らかの不運に見舞われ、自分の力だけではどうにもならないとき、女は縋るおもいでお百度を踏む。

「おすず、めったなことを口にするもんじゃないよ」

「はあい」

三人はおしまの邪魔にならぬように参道をすすみ、本殿の手前で柏手を打った。

そして、賽銭を投げて絵馬を奉納し、早々に社をあとにした。

振りむけば、おしまが一心不乱に参道を往復している。

「邪魔者は早く退散しなくちゃね」

耳を澄ませば、そこいらじゅうで太鼓の音が鳴りひびいていた。

「稲荷祭りがはじまったぞ」

伊勢屋稲荷に犬の糞、火事に喧嘩に中っ腹というのが、江戸に多いものの代表とか。なるほど、稲荷の祠は町内に三つや四つはかならずある。大小とりまぜて五千は優に超え、それらすべては染幟で飾られた。

寒さや不景気を吹き飛ばすためとはいえ、子供たちが眷属の狐を奉じて一斉に太鼓を打ち鳴らすものだから、一日じゅう騒々しくて仕方ない。

「おしま姐さん、若い時分は辰巳のお芸者でね、三味も唄も一級品さ」

「ほう」

「縹緻良しだし、芸もある。表櫓のあたりじゃちょいと知られた人気者でねえ、公事宿の旦那に身請けされ、しばらくは幸せに暮らしていたんだよ」

ところが、幸せな日々は長くつづかず、旦那は流行病で亡くなった。

おしまは遺された身代の一部を相続し、それを元手に女専門の口入屋を開業した。

女だけに働き口を斡旋する口入屋とは、目のつけどころがよい。

江戸初という物珍しさも手伝って、大口の顧客がいくつもついた。

おしまは生来の気っ風の良さにくわえて、銭勘定にも長けている。

商いは順調に推移し、今では働きたい女たちの駆込寺とも呼ばれ、重宝がられていた。

「駆込寺か」

そんなおしまにも、悩みはある。

子が欲しいのに、できないことだ。

してみると、子宝を授かるための願掛けだったのか。

「姐さんには十も年下の情夫があってね」

「ふうん」

亭主のようなものだが、祝言はあげておらず、ひとつ屋根の下で五年もいっしょに暮らしてきたという。

「誰かさんといっしょだよ」

情夫の名は、杉太郎とかいうらしい。

若い時分は浄瑠璃の囃子方をやっていたものの、酒の失敗が原因でやめさせられた。爾来、定職にも就かず、腰の座らぬ宿六人生を送りつづけ、呑む打つ買うの三道楽煩悩からいっこうに逃れられない。

「ぞろっぺいな男らしいよ。姐さんは迷惑の掛けられどおしでね」

年明け早々、杉太郎はついに家から追いだされてしまった。

「吉原に馴染みの花魁ができたのさ」

廓遊び程度は大目にみてもよいが、杉太郎はその花魁に惚れこみ、金を湯水のように注ぎこんだ。それでも足りなくなり、帳場の金に手をつけた。しかも、隠れてこそこそやっていたものだから、おしまは堪忍袋の緒を切らしてしまった。

「なあるほど」

三左衛門は顎を撫でた。

「追いだしたはいいが未練はのこった。本心では男に帰ってきてほしい。ま、そんなところだろう」

「どうだろうねえ。きっぱり別れて清々したとも言ってたから」

してみると、情夫と縒りが戻るようにとの願掛けだったのかもしれぬ。

「そいつは強がりだな」

「かもしれない、でも、わたしらが詮索することじゃないよ」

そうした会話を交わしながら、照降町の裏長屋へもどってきた。

木戸外には一対の染幟が立ち、木戸の屋根からは武者絵の描かれた大行燈が吊るされている。長屋の軒には地口行燈が点々とぶらさがり、町内の子供たちが幟や太鼓を手に手に練りあるいていた。

「あ、庄ちゃんだ、いれてもらおうっと」

おずは仲の良い下駄職人の息子をみつけ、嬉しそうに駈けてゆく。

子供たちは町内じゅうの家々を巡り、今日だけは小銭や菓子を貰うことができるのだ。

太鼓の音色や子供たちの笑い声を聞いていると、おしまのことは次第にどうでもよくなってきた。

三

いよいよ、富興行の当日がやってきた。

八日は正月行事を終える事納めの日でもあり、年神の棚をとりはずす。

また、江戸では揚げ笊と称し、竹竿の先端に笊を括りつけて軒先に掲げる風変わりな習慣があった。大路に面した商家にも貧乏長屋にも、屋根という屋根、軒という軒には竹竿が林立する。笊は天からの宝物を受けるためのものらしい。

おまつは、とりわけ大きな笊を買いもとめ、三左衛門に命じて竹竿の先端に括りつけさせた。

「どうか、一の富が当たりますように」

おすずも呼びよせ、三人で神棚に三拝する。

芋、牛蒡、人参、焼豆腐、蒟蒻などに赤小豆をくわえた味噌仕立てのごった煮汁で腹ごしらえをし、もういちど神棚に三拝してから家を出た。

おまつは本富の札を、三左衛門は影富の札を握りしめ、ふたりで日本橋新材木町にある杉の森稲荷へむかったのだ。

照降町から西万河岸へすすみ、堀川に架かる和国橋を渡れば稲荷新道へ出る。芝居町の喧噪を背にし、木綿問屋街を抜けたところに、杉の森稲荷の鳥居はあった。

入口は狭いが、奥行きはかなり広い。

歌舞伎役者の寄進も多く、派手な扮装の参拝者が目立つ。

稲荷社の境内は、すでに、大勢の見物客で埋まっていた。

「おまつさん、こっちこっち」

鳥居のそばから、三十路前後の小粋な女が声を掛けてきた。

橘町で金的屋を営むおなかである。

輪なし天神の髷に鼈甲櫛を挿し、伝法肌の女の色気を振りまいている。

大工や左官はかならず振りむき、冷やかしてゆく者も多かった。

金的屋は客に矢を射させて遊んでもらうところ、矢取女たちの酌で酒を呑むこともできる。なかには、隣部屋に褥の用意された女郎屋まがいの店もあった。

が、おなかの店は客に弓を引かせるだけらしい。

「今日こそは的を射抜いてやるよ」

おなかは楊弓を引くまねをし、おまつに右目を瞑ってみせる。

「先月も先々月もだめだったけど、今月はつきがある」

「何か良いことでもあったの。勿体ぶらずに教えてよ」

「じつはね、別れた亭主が縒りを戻してくれって泣きついてきたの」

「へえ、ごちそうさま」

そういえば、おしまも似たような事情を抱えていた。

おなかは三左衛門にむきなおり、にっこり微笑んだ。

「こちらは旦那さまなの。お噂どおり素敵な方ねえ」

などと持ちあげられ、どぎまぎしてしまう。

「よしてよ、おなかさん。冗談を真に受けるひとなんだから」

「冗談なんかじゃござんせんよ。あたしも誰かと手を繋いで富興行に来てみたいわあ」

「泣きついてきたご亭主を誘えばよかったのに」

「ふん、こっちから尻尾なんぞ振ってやるもんですか」

「あらあら……ところで、おひささんはどうしたの」

「恐くって来られないんだってさ」

芳町で三味線を教えながら、吉報を待つとのことらしい。

「おしま姐さんは」

「いの一番にいらしてますよ」

本殿にむかって最前列に陣取り、一刻（二時間）もまえから席を確保しているという。

女ふたりはぺちゃくちゃ喋りながら本殿にむかい、三左衛門は背後霊のようにつきしたがった。

突富は公開抽選で、本殿前面に特設された踊り場にて催される。

抽選方法は丸い玉を転がすのではなく、長方形の木札を柄の長い錐で突く。

大きな木箱のなかには、合印と番号の墨書きされた木札が何枚もはいっている。

無論、突き手が箱のなかを窺うことはできない。役人の「突きませい」という合図で、箱の上部に穿たれた細長い穴をめがけ、長柄の錐を突きたてるのだ。

これを百回繰りかえす。

このたびの富興行は「弁天富」と呼ばれており、一の富の賞金額は三百両、二の富は六十両、三の富は三十両であった。

ほかにも十番目と五十番目と百番目に突かれた木札は当たり札となり、ことに百回目は突留と称して一の富の半額にあたる賞金がつく。各々の賞金額は五十両、八十両、百五十両とされ、突留の当たり札が実際は二等に相当した。

それから、当たり番号の一番違いは両袖、同番号で合印の異なるものを印違い、これらも当たり札で花籤と称され、一律一両二分の賞金がつく。

当たり札の出番はあとでまとめて和紙に刷られ、お噺売りと称する連中によって江戸じゅうに撒かれた。只ではなく一枚四文するのだが、ほとんどは影富をやっている連中が買いもとめる。

ともあれ、弁天富の当たり札はぜんぶで十八枚しかない。

にもかかわらず、境内に集まった群衆は自分の札が当たるものと信じ、固唾を呑んで見守っている。

芝居で言えばかぶりつきの特等席に、おしまはでんと陣取っていた。

もみくちゃにされながらもたどりつくと、寺社奉行から派遣された与力や同心がしかつめらしく踊り場に座り、こちらを睥睨（へいげい）しているのがわかった。

富興行の目的は弁天社の勧進なので、禰宜（ねぎ）や巫女（みこ）も手伝いに駆りだされている。

「あら、おまつさん、先日はごめんなさいね」

お百度詣りの件を訊かれるとおもったのか、おしまは自分から喋りだした。

「誤解しないでね、あれは何でもないんだから」

何でもないのに、跣で雪の降る参道を百往復もするわけがない。

が、利口なおまつは糺（ただ）そうともせず、胸元から富札を取りだした。

「これ、姐さんにお渡ししときますよ。そのほうが当たりそうだから」

「そうかい、だったら預かっておこうかね」

「さあ、はじまりますよ」

役人の合図で木札のはいった大箱がひっくりかえされ、数多（あまた）の木札がことごとく外へ抛（ほう）りだされた。

「みなさま、ご覧じませ」

小役人が幇間よろしく箱の底を叩き、不正のないことを証明してみせる。

「よし、やれ、早く突け」

富札を握った見物人たちは芝居の観客と化し、やんやの喝采をおくった。

女たちは眸子を血走らせ、真剣な顔で踊り場を凝視めている。

小役人たちは箱を元にもどし、木札を一枚残らず入れなおす。

それが済むと、長柄の錐を小脇に抱えた突き手が登場した。

獅子舞の獅子のような顔をした小者が、わざとらしく腕まくりをしてみせる。

長柄を頭上で旋回させるかとおもえば、口をへの字に曲げ、やることがいちいち芝居がかっていた。

「おまつ、あれではまるで役者気取りだな」

「そうだね、見得を切ったら、大向こうから声が掛かるよ」

突き手は獅子っ鼻を膨らませ、ぎょろ目を剝いた。

「ほんとに見得を切っちまったよ」

「いよっ、色男」

見物客から声が掛かり、いよいよはじまりの段になると、境内は水を打ったように静まりかえった。

「突きませい」

境内に役人の大音声（だいおんじょう）が響きわたり、突き手が錐を箱の穴へ突きとおす。

突かれた最初の木札が本日一の富、役人は突き手に渡された木札を高々と掲げた。

合印と番号が読みあげられ、すぐさま、紙に書いて貼りだされる。

その途端、群衆から地鳴りのごとき歓声が沸きおこった。

「突きませい」

突き手が札を突くたびに境内は静まり、出番が読みあげられるたびに地鳴りが足許を揺らす。

「ねえ、どうだったの」

三の富の出番まで公開されたとき、おなかがおしまに声を掛けた。

おしまは無言で首を振り、がっくり項垂（うなだ）れてしまう。

おまつはすでに、はずれたことを承知していた。

三左衛門はといえば、紙に貼りだされた出番と手にした影富の札を交互にみくらべている。似たような出番だが、あきらかにちがっていた。

「けっ、はずれやがった」

いたるところで溜息が洩れ、やけっぱちな罵声なども聞こえてくる。

十番、五十番と当たり札が公開されてゆくたびに、群衆の溜息は大きくなり、境内を去る者の数も増えていった。

それでも、百回目の突留に夢を託し、おしまもおまつも最前列に踏んばりつづけた。

「さあ、これにて突留、百番富にございます」

禰宜らしき風体の男が大声を張りあげた。

「突きませい」

役人の合図を受け、獅子っ鼻の突き手が長柄の錐を突きたてる。

女たちは口をぽかんと開け、錐に刺しぬかれた木札を凝視めた。

木札は役人の手に渡り、合印と番号が朗々と読みあげられる。

「きゃっ」

わずかに離れたところから、悲鳴が聞こえた。

爪先立ってみれば、地べたに女が蹲っている。

助けおこされた女は、富札を握った手を震わせていた。

「当たり札だぞ」

と、誰かが叫んだ。

周囲は色めきだち、白鉢巻き（しろはちまき）に扇子（せんす）を挿した珍妙な男が滑りよった。

「吉来たり、吉来たり、おめでとうござります」

女は意識を失い、誰かが代わりに札を確認した。

「ん、こいつは印違い、一両二分の花籤だ」

「まことか」

何人かが確認し、印違いであることが判明すると、周囲から溜息と失笑が洩れた。

「印違い一攫千金（いっかくせんきん）泡となり、出口はあちら、はいさようなら」

扇子の男は皮肉まじりに狂歌を口ずさみ、くるっと踵（きびす）を返す。

ふと、気づけば、おまつの顔が強張（こわば）っていた。

おしまは、手にした札を何度も確かめている。

「姐さん、まちがいないよ」

と、おなかが叫んだ。

「当たった、突留に当たった、おまつさん、百五十両だよ」

「まさか」

三左衛門は、空唾を呑んだ。

おまつが顔をかたむけ、覗きこんでくる。

「おまえさん、ほっぺたを抓ってごらんよ」

痛い。

やはり、突留の百五十両を当てたのだ。

扇子男が目敏くみつけ、剽軽に踊りながら近づいてきた。

「吉来たり、吉来たり、おめでとうござりまする」

どこかで見たことのある面、誰かとおもえば、浮世小路の取次茶屋で影富札を売りつけた若い衆ではないか。

「おぬし、亀吉か」

「いいえ、鶴吉にござりまする」

「双子の兄だな」

「よくご存知で」

「何をしておる」

「ただの賑やかしにござりまする」

何やら、不吉な予感にとらわれた。

札と賞金の交換は、明日以降と定められている。

「おまつさん、当たり札を預かっておくれよ」

おしまは真顔で囁き、富札をうやうやしく差しだした。

四

翌九日、おまつは当たり札を握りしめ、杉の森稲荷へ懸賞金を貰いにいった。

といっても、百五十両をそっくり貰えるわけではない。一割は奉納、一割は祝儀、あわせて二割は差しひかれ、手にできるのは百二十両である。それでも、ひとりの分け前は三十両にのぼる。大金であった。

三左衛門はおまつに請われ、用心棒の役目を担わされた。

なにせ、大工の勘太が暴漢に襲われた例もある。

午過ぎ、杉の森稲荷へ着いてみると、おしまとおなかが鳥居のそばで待っていた。三味線師匠のおひさは今日も来ていない。突留を当てたと聞き、腰を抜かしてしまったのだ。

「浅間さま、用心棒なんぞ頼んじまって、すみませんねえ」

おしまは陳謝しつつも、値踏みするような目でじろじろ眺めた。

曲がりなりにも大小を腰に差しているので、すこしは安心したようだ。

「勘太というのは、存外に物堅い男だったらしくってね」

何を語るのかとおもえば、おしまは目黒不動の興行で一の富に当たった男が襲われたときの情況を喋りはじめた。

勘太は大金を抱えて品川宿へ女郎買いに走る手もあったが、目黒名物の黒飴を買っただけで寄り道もせずに帰路についた。中目黒から百姓地を抜け、目黒川に架かる石の太鼓橋を渡り、急勾配の行人坂をのぼった。そこからさきは永峯町、六軒茶屋町、白金台から高輪大木戸へとつづく。

ところが、勘太は白金台町四丁目の四つ辻に差しかかったところで、ばっさり斬られたのだという。

「ばっさり斬られた」

「ええ、そうですよ」

三左衛門は、隣に立つおまつの顔をみた。

「たしか、胸を突かれたと聞いたが」

おしまは、きっぱり言いきった。

「いいえ、袈裟懸けにばっさり斬られたんですよ」

「となると、下手人は侍か」

「そうにちがいないと、岡っ引きの親分は仰いましたよ。午の日中というのに、誰ひとり見たものはいなかったんだそうです」

「ふうん」

いまだに、下手人は捕まっていない。

迷宮入りになるかもなと、三左衛門はおもった。

そこへ、妙な男が近づいてきた。

「吉来たり、吉来たり、さっそくお見えになられましたな」

剽軽者の鶴吉である。

梅に鶯の描かれた扇子をひらひらさせている。

「ささ、早う、当たり札と懸賞金を交換なされませ」

「まとわりつくんじゃないよ、しっ、しっ」

おしまが眉間に皺を寄せても、鶴吉はめげずに戯けてみせる。

「門前の茶屋に酒肴を用意させましょう。ぱっと派手に祝いなされ」

「へん、その手にゃ乗らないよ。おまえは影富売りの鶴吉だろう」

「よくご存知で」

「芳しくない評判がたっているよ。似非札ばかりか、似非茶碗やら似非飾りやらを高く売りつけるってね。こんどは幇間の真似事かい、懸賞金をかすめとろうって魂胆だろう」

「とんでもございません。心底から祝ってあげてんのさ」

「失せな、目障りだよ」

「けっ、気の強え婆ァめ」

鶴吉は唾を吐き、どこかへ消えていった。

「やっといなくなった。塩があれば撒いとくところさ」

三左衛門は女三人にしたがい、本殿脇の取次場所へむかった。

巫女に用件を告げると、奥から宮司が三方を掲げてあらわれた。

大金を扱うため、寺社奉行配下の偉そうな同心と小者も随伴している。

小者は獅子っ鼻の男で、昨日の突き手にほかならなかった。

三方には目録だけが載っており、賞金は別の木箱に納められている。

当たり札はその場で半分に切断され、おしまいには目録が手渡された。

「ご奉納とご祝儀を、お願い申しあげております」

宮司は慇懃な態度で喋り、巫女に命じて木箱から三十両を抜かせた。

残りの百二十両を確認し、女たちは興奮の面持ちで取次場所をあとにする。

とりあえずは本殿にお礼参りを済ませ、鳥居のほうへむかった。

緊張のせいか誰ひとり口を開かず、むっつり押し黙ったままだ。

ずっしりと重い木箱は、三左衛門の手にあずけられた。

四人はおしまの音頭で、新道沿いの水茶屋へはいった。

百二十両を山分けしなければならない。

「盗人にでもなった気分だよ」

おなかの吐いた台詞で、ようやく女たちの緊張は解けた。

「おひささんのぶんは、どうしよう」

「姐さんが預かってよ」

おまつに言われ、おしまは渋々ながらも頷いた。

箱のなかでは山吹色の小判が煌めいている。

おかしなもので、自然と顔がほころんだ。

おしまが、ふうっと溜息を吐いた。

「家に着くまでは、不安で仕方ないよ」

「姐さん、住吉町までお送りしますよ」

「ほんとうかい」

「ええ、遠いところじゃないし」

「すまないねえ」

「おなかさんもお送りしますから」

「いいの」

「ええ、姐さんのところを廻ってからだけど」

「いっこうに構いません、ありがとう」

住吉町からは通油町（とおりあぶらちょう）へむかい、浜町堀（はまちょうぼり）を渡れば橘町へたどりつく。

迂回路（うかいろ）になるが、一刻もあれば充分に往復できる。

「おまえさん、異存はないね」

おまつに睨（にら）まれ、三左衛門はこっくり頷いた。

四人は水茶屋をあとにして大路へ出ると、南東の方角へ歩みだした。

「いやだ」

方角が悪いと、おしまが済まなそうに洩らす。

「さきに橘町へ寄ってから、住吉町へ廻っておくれでないかい」

方違(かたたが)えのようなものだ。おまつも方角を気にするので、異論はなかった。

だが、橘町へむかうには田所町(たどころちょう)、新大坂町(しんおおさかちょう)と、狭い横丁を抜けてゆかねばならない。途中には薄暗い四つ辻や露地裏もある。

三左衛門はまたもや、不吉な予感にとらわれた。


予感は当たった。

新大坂町から浜町堀へ抜ける手前で、四人は破落戸(ごろつき)どもに囲まれた。

相手は五人、いずれも手拭いで顔を隠し、帯に段平(だんびら)を一本差している。

ひとりだけ長柄の突棒(つくぼう)を手に提げていたが、いずれも物腰から推(お)すと侍ではない。質(たち)の悪い渡り中間か、食いつめた博打(ばくち)打ちか、金を貰えば殺しでも何でもやる悪党どものようだ。

「待て、こら、金を置いていけ」

突棒の男が叫んだ。

あきらかに、こちらが富に当たったことを知っている。

杉の森稲荷から、ずっと跟(つ)けてきたのだろうか。

あるいは、誰かに跟けさせたのか。

三左衛門の脳裏に、鶴吉の顔が浮かんだ。

「あたしらに脅しはきかないよ」

おなかがまず、啖呵を切った。

「段平を抜いてみな。大声を出してやるからね」

金的屋の女将だけあって、肝が据わっている。

さらに、おしまが裾を捲り、男どもにむかって唾を飛ばした。

「あたしを誰だとおもってんだい。玄冶店で人入れ稼業をやっている越前屋おしまだよ。強面の親分さん方とも懇ろの仲さ。あんたら、悪さをしたらあとで泣きをみるよ」

破落戸どもは圧倒され、二の足を踏んでいる。

おまつと三左衛門の出番はなさそうだ。

と、そこへ、別の声が聞こえてきた。

「ふふ、威勢の良い女どもだな」

反対側の抜け裏から、ひょろ長い男があらわれた。

顔を頭巾で覆っているが、侍であることは確かだ。

黒羽二重の着物をぞろりと着流し、腰に立派な拵えの大小を差している。

「おまえら、女にびびってどうする。手っ取り早く金を奪え」

「へい」

頭巾に叱責(しっせき)され、突棒が返事をすると、破落戸どもはのそりと動きだした。

「おまえさん、出番だよ」

おまつに背中を押され、三左衛門が一歩前へ踏みだす。

「けへへ、用心棒にしちゃ弱そうな野郎が出てきたぜ。おめえ、命が惜しかったら余計な真似はしねえこった」

突棒を先頭にして躙(にじ)りよる破落戸どもよりも、後ろに控える頭巾侍のほうが気になる。

三左衛門は女たちを道端の物陰にみちびき、みずからは楯(たて)となって立ちふさがった。

「旦那さん、ご無理しなさんな」

金的屋のおなかが囁いてくる。

「そうだよ、命あっての物種(ものだね)だからね」

おしまはそう言うが、賊に金をくれてやるつもりなら、最初から用心棒など必要あるまい。

肝心のおまつは、逃げたいところをやせ我慢している。

実弟の又七から、なるほど、三左衛門が小太刀の達人と聞いたことはあった。が、自分の目で確かめたわけではない。実力のほどを、疑ってかかっているのだ。

「おまえさん、平気なのかい」

「さあ、どうかな」

「だめなら、降参するよ」

「ま、ともかく、やってみよう」

三左衛門は前触れもなく、大刀をすっと鞘走(さやばし)らせた。

ぎょっとした男どもから、すぐさま、失笑が洩れる。

「へへ、そいつは竹光(たけみつ)じゃねえのか」

「お、ほんとだ。とんだ用心棒だぜ」

「よし、殺(や)っちまえ」

破落戸どもが、一斉に段平を抜いた。

「そりゃ……っ」

出しぬけに、ひとりが上段から斬りかかってくる。

竹光で受けるとみせかけ、紙一重のところで躱す。

躱しながら間髪を容れず、柄頭を相手の鳩尾に埋めこんだ。

「うっ」

あまりに捷すぎ、情況を把握できたものはいない。

気づいてみれば、男が俯せで倒れていた。

「こんにゃろ」

こんどは、ふたりが同時に斬りかかってくる。

三左衛門は竹光を抛り、わざと躓いたふりをした。

素早く膝を折敷くや、ふたりの睾丸を同時に握る。

ぎゅっと、捻ってやった。

「ぬぐっ」

破落戸どもは股間を抱え、地べたに転がった。

「覚悟しろ、くりゃっ」

突棒男が毛臑を剝き、猛然と突きかかってきた。

三左衛門はひらりと躱し、突棒を瞬時に奪いとる。

すかさず逆手に持ちかえるや、ぶんと投擲してみせた。

突棒は風を切り、頭巾侍の顔面めがけて飛んでいった。

「ふん」

侍は瞬時に刃を抜き、突棒を真横に弾いてみせる。

破落戸も女たちも、声を失っていた。

「おぬし、見掛けによらず、できるな」

頭巾侍は低く洩らし、刃を静かに納めた。

居合を遣う。しかも、かなりの手練れだ。

三左衛門は、怯みもみせずにうそぶいた。

「やるのか、やれば死人が出るぞ」

「あんだと、くそったれ」

突棒を失った男が、横から口惜しげに吐きすてた。

残りのひとりは及び腰で、掛かってくる気もない。

「おい、怪我人を立たせろ」

頭巾侍に命じられ、突棒男が反撥した。

「旦那、殺られねえんですかい」

「危ない橋は渡らずともよい。機会はいくらでもある」

「くそっ、おぼえてやがれ」

破落戸どもは退き、頭巾侍も袖をひるがえした。

三左衛門は、追おうともしない。

「ざまあみろ、この悪党ども」

おなかが嬉しそうに叫んだ。

おまつは誇らしげに胸を張っている。

おしまだけが、暗い顔で佇んでいた。

「越前屋さん、どうなされた」

三左衛門が水をむけると、おしまは苦しそうに呻いた。

「じつは、隠していたことがございます」

「え」

身を乗りだすおまつを制し、三左衛門は落ちついた口調で告げた。

「じっくり聞こうか」

「はい」

おしまは睫毛を伏せ、観念したように頷いた。

## 五

玄冶店の越前屋は、間口も奥行きも広い。

帳場を預かる年嵩の番頭を除けば男の影はなく、手伝いの女たちが忙しなく立ちはたらいている。

三左衛門、おまつ、おなかの三人は抹香臭い仏間へ通され、おしまと対峙した。

「姐さん、隠していたことってなあに」

さっそく、おまつがやんわりと訊いた。

おしまは急に老けこんだような顔で、ふうっと溜息を吐く。

「あの富札、札屋から買ったものじゃないんだよ」

「あら」

「杉太郎のやつがね、借金の足しにでもしてくれと置いていったのさ」

情夫の杉太郎は吉原の花魁にいれあげ、帳場の金にまで手をつけた。

おしまはそれを知って怒り心頭に発し、おもわず啖呵を切ってしまった。

「廓断ちができないようなら、今すぐ出てってくれ。啖呵を切ったら、あのひと、真に受けて出ていっちまったんだよ。ところが、すぐに舞いもどってきてね、懐中から富札を一枚取りだしたのさ」

　情夫に手渡された富札であることを内緒にして、みんなに一朱ずつ出させてしまったのだと、おしまは済まなさそうに項垂れる。

　興行までには真実を打ちあけようとおもったが、機会を逸してしまったという。

「妻恋稲荷で夢枕を買ったのも、初夢に弁天さまが降臨なすったのも、ぜんぶほんとうのはなしなんだよ」

　杉太郎にも、そのことは告げてあった。

「だから、富札を置いていったにちがいないんだ。弁天さまのお告げどおり、女友達三人に声を掛けろ。ただし、札を手に入れた経緯は口外してはならない。もし、当たったら、借金の足しにでもしてくれ。あのひと、真剣な顔でそんなふうに洩らしてねえ」

　さらに、おしまは予言めいた台詞まで告げられた。

「如月の初午に妻恋稲荷でお百度を踏めば、きっと運がめぐってくる。もし、この富札が当たったら、おれたちは縒りを戻すことができる、むかしのふたりに戻ることができるって、あのひと、そう言ってくれたんだよ」

おしまは信じたかった。が、一方で、信じてはいけないとおもった。

お百度など踏むものかとおもっていたものの、日が経つにつれて杉太郎への恋慕は募っていった。懸賞金なんぞより、杉太郎に戻ってきてほしい。

「そうおもったら、矢も楯もたまらず」

雪の降る参道を、跣で往復していたのだという。

「恋は盲目とはよく言ったものだね」

おなかが横から口を挟み、ぺろっと舌を出した。

おまつは、いたって冷静である。

「姐さんが謝ることなんてない。どんな事情があろうと富札は富札、わたしらが夢を託した札に代わりはないんだ。姐さんは弁天さまのお告げにしたがっただけさ。それに、札を手に入れた経緯は口外するなと釘を刺されたら、わたしだって黙っていたよ」

「ありがとう。おまつさんの慰めはいつだって胸に沁みるよ」

「でも、姐さん、気になることがありますよ。懸賞金を借金の足しにでもしてくれ、という杉太郎さんの台詞、なんだか、最初から当たり札だってことをわかっていたみたい」

「そこなんだよ、おまつさん。今にしておもえば、そうとしかおもえないじゃないか」

「やっぱり」

「あたしはね、心底から当たってほしいと願っていたんだよ。でも、いざ、突留に当たってみたら、妙な気分にさせられちまったのさ」

しかも、顔を隠した破落戸どもが、懸賞金目当てに待ちぶせしていた。

「なんだか、ぜんぶ仕組まれているような気がしてならないのさ」

「仕組まれているって、どういうこと」

おなかに訊かれ、おしまは口ごもった。

不正である。が、お上の御墨付きのある御免富で、よもや不正などあり得まい。

「だいいち、姐さん、あれだけの人がみているまえで木札を突くんだよ」

「そうだね、おなかさんの言うとおりだけど、でも、やっぱり、わたしらが突留の百番富に当たるだなんておかしいじゃないか」

不正をやるにせよ、役人の目を盗むか、役人と結託でもしないかぎり、とうていできない相談だ。

待てよと、三左衛門はおもった。

頭巾侍と突棒男の会話が、脳裏を過ったのだ。

破落戸は侍を「旦那」と呼び、侍は「機会はいくらでもある」と吐いた。

旦那とは、役人のことではなかろうか。そして、機会はいくらでもあるという台詞は、不正が頻繁におこなわれていることを示唆しているのではないか。

畳に堆く積まれた小判を眺めながら、三左衛門は想像をめぐらした。

寺社奉行配下の役人が主導し、何らかの手法で不正がおこなわれていた。

当たり札の出番はあらかじめ、わかっていたのだ。

無論、狙いは懸賞金にほかならず、これを難なく奪うには、当たり札を握った者も仲間でなければならない。それなら、払いもどされた金を山分けすればよいだけのはなし、わざわざ顔を隠して誰かを待ちぶせする必要もないのだ。

ひょっとしたら、杉太郎は悪事に加担していたのかもしれない。

そのあたりは、おしまも案じている様子だった。

が、おまつは、これをきっぱり否定する。

「悪党の仲間なら、姐さんに当たり札を手渡すはずはない。きっと何か事情があって札を手に入れちまったんだよ」

「事情って」

と、おなかが好奇の目をむけてくる。

それがわかれば苦労はしない。

なにはともあれ、当たり札は杉太郎から、おしまの手に渡った。

そして、女たちは懸賞金を手に入れ、悪党どもに襲われたのだ。

「あの連中、大工の勘太を殺めた連中にまちがいないよ」

おしまは身を震わせ、おまつとおなかを交互に凝視めた。

「ごめんね、とんだことに巻きこんじまって」

「水臭いよ、姐さん。こうなったら乗りかかった船、悪事のからくりをとことん調べてみましょうよ」

「おまつさん、そう言ってもらえると心強いよ」

なにやら、危なっかしい方向で相談はまとまりつつあった。

素人の女たちが首を突っこんでも、命を縮めるだけのはなしだ。

ところが、三左衛門の心配など構いもせず、おまつはどんどんはなしをすすめてゆく。

「まずは、杉太郎さんを捜しだすことだね。おまえさん、御用聞きの仙三さんに頼んでみたらどうだろう」

「ん、ああ、それがよいかもな」

気のない返事をしてみせると、おまつは恐い目で睨みつけてきた。

六

杉太郎捜しは仙三に任せ、三左衛門は浮世小路の取次茶屋へ足をむけた。

亀吉をつかまえ、双子の兄の所在を聞きだそうと考えたのだ。

が、聞きだすまでもなかった。

うりふたつの兄弟が、茶屋の外で口喧嘩をしているのに出くわしたのだ。

「騙したな、汚ねえぞ」

「阿呆、騙されるおめえが悪い」

「なんだって」

「世間てのはな、そんなに甘えもんじゃねえんだ」

「うるせえ、金を返せ」

「鐚一文、持ってねえよ、ほら」

一方は袖をひらひらさせ、一方は鬼の形相で拳を握る。

どっちがどっちかわからぬが、ともかく、三左衛門はふたりの背後に近づいた。

「撲れるもんなら撲ってみな」

「よし、吠え面掻かしてやる」

威勢良く振りあげられた拳を、三左衛門が後ろから摑んだ。

「誰だ、放せ、この野郎」

怒鳴った男の顔から、さあっと血の気が引いた。

「あっ……旦那」

亀吉である。

「すると、金欠なのが鶴吉というわけだな」

「誰だよ、おめえは……あっ」

鶴吉は三左衛門のことを思いだした途端、尻端折りで逃げだそうとする。

「待て、なぜ逃げる」

やましいことがあるから、逃げようとするのだ。

亀吉はわけがわからず、ふたりを交互にみくらべた。

「あれれ、旦那と兄貴はいつどこで知りあったんだい」

「一昨日(おととい)、杉の森稲荷でな」

「弁天富、そうか、お行きなさったんですね」

「見事にはずれたぞ。亀吉、おぬしに騙されたようなものだ」

「ま、人生なんざ時の運、当たるも八卦(はっけ)、当たらぬも八卦、夢ってもんは容易に叶(かな)わねえもんだ、へへ、恨みっこなしですよ。で、この莫迦(ばか)兄貴がまた何をしでかしたんです。どうせ、ろくなことじゃありますまい。こいつは性根の腐った男です。おんなじ顔の弟まで騙くらかし、金を毟(むし)りとるような野郎なんだ」

ぺらぺら喋る亀吉を横へ押しやり、三左衛門は鶴吉のほうへ近づいた。

「鶴吉、おぬしにちと訊きたいことがある」

「な、なんです」

「昨日のことだ、わしらを跟けたな」

「また、なにを仰いますやら」

「嘘を吐くな。嘘を吐けば鼻を無くすぞ」

「へっ」

三左衛門は身を沈め、大刀の柄に手を掛けた。

「どうせ、そいつは竹光だろう……あっ、しまった」

鶴吉は吐いた途端、口を押さえた。

破落戸どもの仲間でなければ、竹光のことを知るはずはない。

三左衛門は、にやりと笑った。

「ふふ、その調子だ。知っていることを、ぜんぶ喋っちまえ」

「旦那に喋ることとなんざ、ひとつもありませんよ」

「喋ったら命はないとでも、脅されておるのか」

「へ」

図星(ずぼし)のようだ。

三左衛門は口調をやわらげた。

「悪いようにはせぬ。おぬしは心からの悪党でもなさそうだ。ほら、喋ってみな」

「いってえ、何をお知りになりてえので」

「富で当たり札を当てさせるからくりさ」

「し、知らねえ。そんなもん、知るはずがねえ」

「そうかい」

三左衛門はずいと膝を繰りだし、康継の脇差を抜いた。

捷い。

刃の切先はいつのまにか、鶴吉の鼻下にあてがわれている。

「ひぇっ」

「言ったろう。嘘を吐けば鼻を無くすと」

鶴吉は泣きそうな顔になった。

着物のしたが小便で濡れ、白い湯気が立ちのぼっている。

「洩らしたな。小便ではなく真実を洩らせ」

「か、堪忍しておくんなさい。喋ったら殺られます」

「誰に」

「だから、そいつを喋ったら……うっ」

刃が鼻に掛かった。

「言います、言います」

「よし、聞こう」

「獅子っ鼻の藤八、それと棟田勝之進でさあ」

「獅子っ鼻……もしや、富の突き手のことか」

「そうですよ、突棒の扱いにかけちゃ右に出るものはいねえとか、あんな得物で串刺(くしざ)しにされちゃ敵(かな)いませんぜ」

「藤八か、頭隠して尻隠さずというやつだな」

三左衛門は、突棒を扱う破落戸のことを浮かべていた。

「棟田勝之進とは何者だ」

「寺社奉行松平周防守(まつだいらすおうのかみ)さまのところの同心です。こいつは居合の名人でね」

頭巾をかぶっていたひょろ長い男のことだ。

「興行の際、本殿の踊り場にもおったのか」

「おったもなにも、出番を読みあげていた野郎ですよ」

「やはり、役人がからんでおったな。あらかじめ、当たり札はわかっておったのか」

「ええ、一の富と突留だけは、棟田が袖に木札を仕込んでいたんです」

藤八の突いた木札が棟田に手渡された瞬間、手妻のようにすり替えられたのだ。

あらかじめ選んであった木札の合印と番号を、棟田は読みあげるだけでよかった。

「これまでに何度やった」

「さあ、手前が知ってるだけでも五、六度は」

不正をごまかすため、場所はまちまちであったという。

「大工の勘太が殺された一件も関わっておるのだな」

鶴吉は苦い顔で黙った。関わっていたのだろう。

「殺ったのは棟田か」

「し、知らねえ、そいつだけは」

「まあ、よい。もうひとつ、訊きたい」

「なんですか。もう、こうなったらなんでも喋りますよ」

知りたいことは、当たりの富札がどういった経緯で杉太郎の手に渡ったかだ。

「杉太郎って野郎は知らねえなあ。富札は春鏡っていう手相見に渡されたはずなんです」

無論、春鏡は裏事情を報らされていた。いくばくかの謝礼を貰って当たり札を懸賞金と交換する役目を負っていたのだ。それなのに、札を盗まれてしまった。

「盗まれたのか」

「ええ、藤八のやつが言ってんだから、確かですよ」

鶴吉は藤八から、便利屋のように使われているらしい。

「いったい、どこで盗まれた」

「吉原だそうです」

「なに」

「なんでも、大籬（おおまがき）で御職（おしょく）（看板）を張る花魁の席にお呼びが掛かりましてね、男運を占ってほしいと頼まれたとか」

春鏡は花魁の手相を観る機会に恵まれ、すっかり舞いあがってしまった。

「それは艶（あで）やかな妓（こ）だったそうです。春鏡のやつは小悪党だが、手相はちゃんと観ることができる。男運は受難と出たらしい。が、悪いことをはなせばご祝儀にも響くので、春鏡は適当に良いことを並べてお茶を濁した。そのまま宴席に招かれ、ここぞとばかりにただ酒を喰（くら）い、気づいてみたら、だいじな札を無くしてしまっていた。そいつが顚末（てんまつ）だそうで」

「なるほど」

花魁というのは、杉太郎が馴染みにしている妓であろう。

春鏡は酔った勢いで富の当たり札をもっているのだと吹聴（ふいちょう）し、富札を花魁に進呈してしまった。花魁は嘘にきまっていると一笑に付したが、あとで杉太郎に富札を手渡し、春鏡に吹聴された内容をはなして聞かせた。

「ま、そんなところか」

三左衛門はひとりごち、富札のたどった数奇な運命におもいを馳せた。

おしまは初夢にあらわれた弁天のお告げで、富札を買おうと決めた。ところが、皮肉にも幸運の当たり札をもたらしたのは、自分の好いた男がいれこんでいる花魁だった。

これを吉と考えるのか、凶と受けとるのかは本人次第だなと、三左衛門はおもう。せめてもの救いは、花魁の男運については受難の相が出ていたという点であろう。

「鶴吉よ」

「へ、まだ何か」

「棟田や藤八は、百二十両をあきらめたのか」

「さあ、しつけえ連中ですからね。ともかく、手前のことは黙っといてくだせえよ、旦那を信用して喋ったんだから」

「このお調子者め、脅されて喋ったのだろうが」

「へへ、そうでした。おまけにもうひとつ、教えて進ぜましょう」

「なんだ」

「小者と同心だけじゃ、あれだけ大掛かりな悪さはできませんぜ」

「黒幕がおると申すのか」

「たぶん」

「誰だ」

「そこまではわかりません」

「なんだ、肝心なことを知らぬのか」

棟田を調べれば、おのずと判明するにちがいない。

背後から、弟の亀吉が申し訳なさそうに声を掛けてくる。

「旦那、そろそろ、兄貴を放してやってくださいな」

「よし、今日のところは弟に免じて赦（ゆる）してやる。鶴吉よ、どこへなりとでも好きなところへ行くがよい」

「旦那に貸しがひとつできましたぜ。危ねえ目に遭（あ）ったら、きっと助けてくだせえよ」

「ああ、承知した」

鶴吉は去り、亀吉も格子のむこうへ戻った。

七

六日経った。

そのあいだ、女たちにはつぎつぎに災難が降りかかった。

まずは、三味線師匠のおひさが川にはまって溺れそうになった。金的屋のおなかは客の放った矢で傷を負い、おしまなどは横丁を歩んでいるときに屋根から大きな天水桶が落ちてきた。

いずれも九死に一生を得たが、女たちは恐怖心を植えつけられた。

誰かに命を狙われているのではないか。そうおもうと、夜もおちおち寝ていられなくなった。

肝心のおまつは、まだ災難に見舞われていない。それだけに、かえって戦々兢々として一日を過ごさねばならず、こんなことなら当たり札なんぞ買うんじゃなかったと、弱音を吐いた。

今日は涅槃会。

ともあれ、一刻も早く鶴吉の喋った不正のからくりを暴き、黒幕をつきとめねばならない。ついでに、おまつからは、おしまのために杉太郎の行方を捜してほしいと頼まれている。

三左衛門は自分ひとりの手に負えないと判断し、柳橋で茶屋を営む金兵衛に相談をもちこんだ。それが三日前のことなので、何らかの進展があったにちがいない。

勝手知ったる夕月楼二階の奥座敷では、大鍋がぐつぐつ煮立っている。

「浅間さま、鮟鱇鍋でも突っつきながら、ゆっくりやりましょうや」

事情をすべて知ったうえで、金兵衛は泰然と構えている。

御用聞きの仙三も鍋のそばに座り、意味ありげに笑いながら灰汁を掬っていた。

「仙三、なにが可笑しい」

「いえね、旦那が影富を買ったってのを小耳に挟んだもので」

「亀吉のやつが喋ったのか」

「鶴吉だったかもしれやせん」

「影富を買って何がわるい」

「何がわるいって、旦那、影富は御法度ですよ」

そういえばそうだ、うっかり忘れていた。

三左衛門は大小を抜き、鍋の近くに座った。

「で、杉太郎はみつかったのか」

「みつかりやしたよ。物乞いみてえに襤褸(ぼろ)を纏(まと)い、淘(よな)げ屋(や)の手伝いをやっておりやす」

「淘げ屋」

川底を浚(さら)って、鍋釜など金属の欠片(かけら)をあつめる商売のことだ。

「日がな一日凍えるおもいで川に浸かっても、酒一合ぶんも稼ぐことはできねえでしょう」

「花魁とは切れたのか」

「金の切れ目が縁の切れ目、あっちの世界はそのへんがはっきりしてやすから」

おしまに追いだされてひと月、杉太郎はものの見事に転落した。

三左衛門は、人間の脆(もろ)さを感じざるを得ない。

「余計なこととはおもいやしたがね、本人に訊いてみたんですよ」

「何て」

「おしま姐さんのところへ戻る気はねえのかって」

「ふん、それで」

「戻りたくても戻れねえ、自分にも男の意地がある。怒った顔でそんなふうに抜かし、毛臑を晒して冷てえ川んなかへ入っていきやがった。惨めな後ろ姿でしたよ。ひょっとしたらあのまんま、川んなかで冷たくなっちまったかもしんねえな。ふへへ、冗談ですよ。でも、そのほうが杉太郎にとっちゃ幸せかも」

「これこれ、仙三、めったなことを言うもんじゃない」

金兵衛が横からやんわりと叱った。

おしまに杉太郎のことを告げるかどうかは、おまつの判断にまかせるしかあるまい。

三左衛門は美味そうな鍋の匂いを嗅ぎながら、話を変えた。

「金兵衛さん、ところで、例のお方は」

「ふふ、みえますよ、もうすぐ……鮟鱇の煮えたころにはあらわれる、恋に憑かれた男がひとり」

ごおんと、暮れ六つの鐘が鳴った。

灰色の空から、湿気をふくんだ淡雪が舞いおちてくる。

「涅槃雪ですな。雪の別れとも申します。浅間さま、この雪が溶ければ、いよいよ春の到来ですよ」

「知らぬまに季節はめぐる涅槃雪」

「ふほほ、詠みましたな。それにしても、浮かぬお顔だ」

「おまつの身が、ちと心配になってきた」

「お聞きしましたよ。弁天富の当たり札を引いた女たちが、つぎつぎに不審な出来事に遭ったとか。世間ではもっぱらの噂です。富札に何者かの怨念が取り憑いておったのではなかろうかと」

「阿呆らしい」

「仰るとおり。なれど、人は原因のわからぬ不審事を、とかく得体の知れぬもののせいにしたがる」

「こたびの敵は、はっきりしておる」

「さよう。寺社奉行配下の同心棟田勝之進、同小者獅子っ鼻の藤八、さらに黒幕は」

「わかったのか」

「おそらく、例のお方が答えをお持ちになられましょう。のう、仙三」

「へい、鮟鱇も煮えやした」

廊下の奥から、跫音が近づいてくる。

「噂をすれば何とやら」

障子が威勢良く引きあけられ、三つ紋付きの羽織を纏った不浄役人が顔を出した。

南町奉行所同心、八尾半四郎である。

「良い匂いじゃねえか。金兵衛、鮟鱇か」

「はい、さようで。さきほどから、浅間さまがお待ちかねですよ」

「そりゃどうも。浅間さん、ごぶさたしておりました」

「こちらこそ」

三左衛門は、肘(ひじ)を張ってお辞儀をする。

半四郎は鬢(びん)を掻いた。

「寒さ橋の一件以来ですか」

「そうなりますな」

寒さ橋から恋文をちぎって捨てたはなしは、金兵衛も知っている。

半四郎は他人の力を借りず、雪乃への恋情を自分の口から告白すると、三左衛門に約束した。その約束は、まだ果たされていない。

恋病みは癒(い)えるどころか深まるばかり、中途半端な状態がいつまでつづくか、金兵衛などは賭けの対象にしていた。

「鮟鱇の鍋は煮えども悲しきや、人の恋情(おもい)は煮えきらぬもの」

「からうな、金兵衛」

「はは、ついうっかり」

「そんなことより、土産を携えてきたぜ」

半四郎のことばに、三左衛門は膝を乗りだした。

「もしや、黒幕の正体がわかりましたか」

「寺社奉行配下の与力、小池五郎右衛門(こいけごろうえもん)」

「与力か」

「偉そうな野郎でね、二百石取りにしては派手な暮らしぶりなのですよ」

小池は奉行の周防守から、富興行の統轄(とうかつ)を任されていた。

「きちっと証拠をつかんだわけじゃねえが、御免富に不正ありってのは従前から噂のあったことだ」

半四郎はわざわざ、富の抽選に足をむけた。

「十一日の両国回向院と十三日の愛宕薬師に顔を出してみましたよ」

どちらも突き手は獅子っ鼻の藤八、札読みは同心の棟田勝之進、見届け役の中心には小池五郎右衛門が鎮座していた。

回向院では気づかなかったが、半四郎のみたところ、愛宕薬師のほうではあきらかに不正がおこなわれていたという。

「一の富だ。棟田の動きが怪しかった。ありゃ容易にゃわからねえ。居合抜きの要領で札を換えやがった。かぶりつきからでも見過ごすほどの素早さでしたよ」

とはいえ、背後に控える見届け役の目をごまかすのは難しい。与力の小池が認知している前提でなければ、あれだけ大胆な行動をとることはできまいと、半四郎は指摘する。

「やつらの悪事はこの目でみた。ただし、町奉行所にゃ手が出せねえ。なにせ相手は寺社奉行配下の歴（れき）とした役人ですからね」

半四郎が表立っては動けぬとなれば、打つ手はかぎられてくる。

恰幅（かっぷく）の良い金兵衛が眸子を細めた。

「罠（わな）に塡（は）めるよりほかに手だてはありますまい」

「そういうこったな」

「八尾さん、何か良い策でも」

三左衛門が訊ねると、半四郎はにっと笑った。

「ちょっと乱暴なやり方だが、ないことはない」

「ほう」

「ついては浅間さん、あんたに頼みてえことがある」

「何でしょうな」

「ま、鍋でも突っつきながら相談しましょう」

「はあ」

半四郎は金兵衛のほうにむきなおった。

「それにしても、鮟鱇ってのは奇遇だぜ」

「なぜです」

「いやな、小池五郎右衛門てえ野郎の顔は、鮟鱇にそっくりなのさ」

半四郎は鍋の中味を椀に掬い、じゅるっと涎を啜った。

八

長屋では牡丹餅や五目鮨や精進揚げなどをこしらえ、彼岸の膳に供する。

二十日、杉の森稲荷ではまたもや富興行が催された。

興行主は荒川を渡ったさきにある足立郡恵明寺、彼岸に廻ればご利益も大きい六阿弥陀参りで知られる寺だ。ゆえに、このたびは『阿弥陀富』と一般に称された、一の富の懸賞金は百五十両とされた。

大勢の人々が集まるなか、三左衛門と半四郎は最前列のかぶりつきに陣取った。わずかに離れて金兵衛と仙三、そして、金兵衛の呼びかけで集まった芸者衆や若い衆のすがたもある。

賑やかし専門の鶴吉も、梅に鶯の扇を煽りながら群衆の間隙を縫っていた。

さらに、金兵衛の仲間が群がる一角の中心には、角頭巾をかぶった初老の男が緊張の面持ちで佇んでいる。

「やつが手相見の春鏡か」

半四郎が囁いた。

「ずいぶん、頬の瘦けた野郎だな」

「筮竹占いもやるそうですよ」

と、三左衛門は応じてみせる。

このたびの仕掛けに協力させた鶴吉に教わったことだ。

春鏡が当たり札を握ってやってくることは、あらかじめ、わかっていた。

ほかでもない、鶴吉が札を売ったのである。

「春鏡を見張っておれば、悪党どもの狙う富興行はおのずとわかる。それが阿弥陀富だったというわけさ」

　半四郎は胸を張る。

　春鏡は確実に当たる札を買った。そして、棟田はおなじ合印と番号の墨書きされた木札を、袖のなかに隠している。

「浅間さん、しつけえようだが、左ではなく右袖だよ」

「承知していますよ」

「突留は七十五両、実入りは少ねえ。十中八九、一の富だとおもうが、そいつだけはわからねえな」

「春鏡に糺してみれば、すぐにわかることでしょうけど」

「そいつができねえのが辛えところだ」

「当たるも八卦、当たらぬも八卦ですね」

「そういうこと。さあ、はじまるぞ」

　大箱がひっくりかえされ、数多の木札が外へ抛りだされた。

「みなさま、ご覧じませ」

　小役人が箱の底を叩き、不正のないことを証明してみせる。

「よし、やれ、早く突け」

富札を握った連中は、やんやの喝采をおくった。

箱のなかに木札が一枚残らず入れなおされ、それが済むと、長柄の錐を小脇に抱えた突き手が颯爽と登場した。

獅子っ鼻の藤八だ。

ぎょろ目を剝き、口をへの字に曲げている。

あいかわらず、芝居がかった物腰だった。

「あの野郎、隈取りまでしてっぞ」

目敏く指摘した仙三を、藤八が高みから睨みつける。

舞台横には強面の棟田勝之進が控え、後ろの床几には陣笠に火事羽織を纏った小池五郎右衛門が鎮座している。

「悪党どもの出初め式だぜ」

半四郎は囁き、声も出さずに笑った。

藤八は手馴れた仕種で長柄を握り、堂々と身構えてみせる。

「勝負は一瞬」

と、半四郎に念を押された。

見物人たちが一斉に静まりかえる。

「突きませい」

境内に棟田の声が響きわたり、藤八が錐を箱の穴へ突きとおす。

突かれたのは本日一の富、木札は藤八から棟田に手渡された。

棟田は木札を握りしめ、みずからの立ち位置へ戻ってゆく。

三左衛門が、すっと身を乗りだした。

と同時に、仙三が怒鳴りあげる。

「この阿弥陀富、いかさまだぞ」

踊り場の連中も見物人も、驚いてそちらを振りむいた。

三左衛門は影のように忍びより、電光石火、小太刀を抜きはなつ。

「ぬおっ」

棟田が叫んだ。

叫びながらも木札を抛り、大刀を鞘走らせた。

「ふん」

下段から、棟田は猛然と薙ぎあげる。

遅い。

三左衛門はくるっと背をむけ、すでに、踊り場から飛びおりていた。

「くせものめ」

刀を握って大音声を発する楝田に、群衆の目があつまった。

と、そのときである。楝田の右袖がちぎれ、ことりと床へ落ちた。

袖のなかから、木札が飛びだしてくる。

これを拾いあげたのが、半四郎だった。楝田の抛った別の札も握っている。

「おや、こりゃ何だ。みなの衆、ほら、当たり札が二枚ある」

「まこと、こいつはいかさまだ」

金兵衛の音頭で、前列に陣取る芸者や若い衆が騒ぎたてた。

やがて、それは怒号に変わり、踊り場へ嵐のように迫った。

「ええい、黙れ、黙れ」

楝田は何やら叫んだが、口をぱくつかせた魚にしかみえない。

角頭巾をかぶった春鏡は、逃げようにも逃げられなかった。

おしくらまんじゅうの中心に置かれ、苦しげに呻いている。

「うわっ」

仕舞いには、担ぎあげられた。

「みろ、これが手相見の富札だ」

「さっきの木札とおんなじ印番だぞ」

「まちがいねえ、こいつも仲間だ、それ」

春鏡は神輿のように担がれ、いまや、中空に舞っている。

三左衛門はいつのまにか、最前列へもどっていた。

これほど面白い芝居は、そうは観られまい。かぶりつきで観なければ損だ。

「突き手の獅子っ鼻も怪しいぞ」

と、金兵衛が叫んだ。

藤八は我を忘れ、長柄の錐を闇雲に振りまわしている。

「危ねえ、殺す気か」

悲鳴をあげる客にむかって、踊り場から錐の先端を突きだした。

「莫迦野郎」

半四郎が錐の柄を摑み、ぐっと引きよせた。

引きよせた勢いで踊り場へ飛びこみ、藤八を組みふせる。

瞬時にして早縄を掛け、後ろ手に縛りあげた。

「けえ……っ」

棟田が目を三角に吊りあげ、半四郎の側面へ斬りつけた。

すかさず、三左衛門が黒鞘を投げる。

「おっ」

鞘に足を搦(から)め、棟田が前へつんのめった。

晒された月代頭(さかやきあたま)を、半四郎の十手が叩きつけた。

棟田は声もなく、どさりと倒れていった。

「きさま、町奉行所の同心か」

重々しく発したのは、与力の小池五郎右衛門だった。

床几から立ちあがり、両膝をぶるぶる震わせている。

「無礼者、ここはわれらの聖域なるぞ。町奉行所の同心風情が来るところではない」

「聖域もへったくれもねえ。てめえらは庶民の夢を踏みにじった。台無しにしたんだよ。この償(つぐな)いはいってえ、どうする気でえ」

「待て、何かのまちがいだ」

「往生際が悪いぞ。この鮟鱇面め、これだけ大勢の人の目がいかさまを見抜いたんだぜ。なあ、みんな」

「そうだ、そうだ」

「よし、みんな、踊り場へあがってこい」

「うおお」

群衆から喊声が騰がり、地鳴りとなって襲いかかってくる。

小池五郎右衛門はぽかんと口を開けたまま、金縛りにあったように動けない。

「ふはは、これほど痛快な見世物はないぞ」

三左衛門は、おまつを連れてこなかったことを悔やんだ。

九

産卵を無事に終えた鮒が、ぬるんだ細流を泳いでいる。

汀には芹が萌えはじめた。

「春だな」

穏やかな陽射しのなかを、三左衛門は浮世小路へむかっていた。

二十二日は太子講、今朝は浅草の今戸で採れた蜆の味噌汁を呑んだ。

今日が忌日とされる聖徳太子は、なぜか大工の祖と目され、大工たちは仕事を休んで朝から酒を啖う。

「下げ縄（蕎麦）でも啜りながら酒を削ろうぜ」

というわけで、縄暖簾も大工で溢れかえっている。

おまつは口入屋のおしまと金的屋のおなかを誘い、六阿弥陀参りに旅立った。

旅立ったといっても全行程で六里二十三町、頑張れば一日で廻ることのできる長さだ。陽気も申し分ないし、散策にはちょうどよい。

おまつはまだ災難に遭っていないが、みなで厄除けをするのだという。

可哀相に、川にはまった三味線師匠のおひさだけは、足を挫いて参加できなかった。

ただ、弁天富で当てた三十両は、おまつに託された。

女たちは当たり札と交換した百二十両を、阿弥陀さまに寄進するつもりらしい。

そうでもしなければきっと罰が当たると、おまつは悲しげにつぶやいた。

三十両あれば表通りに面した明店も借りられる。家族三人で旅もできる。楽しいことをあれこれ考えていただけに、落胆は大きかった。

だが、あらかじめ当たっていた札を買ったのでは、夢を買ったことにならない。懸賞金を手にしても嬉しくも何ともないし、かえって心の重荷になると、女たちは考えたようだ。

六阿弥陀参りを成就させたあと、おまつは杉太郎のことをおしまにはなしてみるつもりだと言った。

どうなるかはわかっている。

おしまの気質から推せば、相手が頼りない男であればあるほど放ってはおけまい。すぐさま、淘げ屋へ駈けだすにきまっている。

「妻恋稲荷への願掛けは、めでたく叶うというわけか」

となれば、こんどは千度参りでお礼を返さねばなるまい。

三左衛門の行く手には、いつもと変わらぬ浮世小路の風景があった。

取次茶屋の格子むこうには、見馴れた顔の若い男が座っている。

「よう、亀吉、兄貴はどうしておる」

「旦那、亀吉は風邪をこじらせちまいましてね」

「なんだ、おぬしは鶴吉か」

「へへ、亀の代わりを鶴がやっております」

「おぬしもこれを機に、まっとうな暮らしをしろ」

「もう、危ねえ橋は渡りませんよ。それより旦那、どうです、おひとつ」

「おひとつとは」

「影富ですよ、夢を買いませんか」

「ふっ、やめておこう」

「それなら、夜舟でもいかがです」

「夜舟」

「彼岸の牡丹餅ですよ。陸へいつ着いたかも知れぬのが夜舟、着くと搗くを掛けてそう呼ぶんだそうです」

「なるほど。鶴吉よ、一句できたぞ」

「聞きましょう」

「一の富、尽きぬおもいの夢狂い」

三左衛門は夜舟を頬張り、浮世小路に背をむけた。

# 江ノ島詣で

## 一

弥生四日は納雛の日、おまつは「また一年おあずけね」と寂しげにつぶやきながら、高価な木目込の立雛を桐箱に仕舞った。裕福だった娘時代の面影を伝える女雛と男雛はおすずに受けつがれ、やがて、花嫁道具のひとつとなるにちがいない。

おすずは髪を銀杏髷に結ってもらい、唇にうっすら紅まで差している。裾模様に桜花を散らした赤い振袖を纏い、すました顔が愛くるしい。

血を分けた娘ではないが、おすずのためなら命を投げだしても悔いはないと、三左衛門はおもう。

納雛の際、江戸では浅葱と蛤の剝き身を味噌で和えた膾を食す習慣がある。表通りに面した大店の主人も、棟割長屋の貧乏人たちもみな、浅葱の膾を食う。

井戸端の嬶ァどもが口を押さえて喋っているのは、浅葱で口が臭くなったせいだ。酒肴にちょうどよいので、三左衛門も朝から燗酒を呑みながら、ありがたく頂戴した。

昼餉を済ませたころ、酒屋の前垂れを掛けた丁稚小僧が下谷同朋町からの使いだと言ってあらわれた。

「鉢物名人のご隠居がお呼びです」

「なに、半兵衛どのが」

八尾半四郎の伯父である。

還暦を疾うに過ぎた老人だが矍鑠としており、癖がつよいので半四郎には煙たがられているものの、三左衛門とは馬が合う。

かつては甥っ子と同様、南町奉行所の同心だった。

風を読むことができる。風烈見廻りという一風変わった役目を負い、悪党どもからは落としの半兵衛と恐れられた。

何十年も忠義一筋で仕えたが子宝に恵まれず、隠居後はあっさり御家人株を売りはらった。その金で苗(なえ)を仕入れ、鉢物をやりはじめた。今では鉢物名人として知られるようになり、変わり朝顔や万年青(おもと)の蘊蓄(うんちく)を語りだしたら止まらない。

小僧は半兵衛が馴染(なじ)みにしている酒屋の丁稚で、空樽(あきだる)拾いのついでに駄賃(だちん)を貰い、日本橋まで駈けてきたのだという。

用件を訊いても首を捻(ひね)るばかりなので、三左衛門は仕方なく重い腰をあげた。

「どうせ、ろくなことではあるまい」

そんな予感がした。

「ちょっと出掛けてくる」

黒鞘(くろざや)の大小を腰に差し、履物(はきもの)に足を通す。

おまつは黙って背中をむけ、おすずは膨(ふく)れっ面(つら)をつくった。

午後からは上野か墨堤(ぼくてい)へ、花見にゆこうと決めていたのだ。

里の桜は七分咲き、盛りを迎える手前のおもむきもまた得難いもの。

上野ならば下谷とも近いので、いっしょに行かぬかと誘いかけてもよかったが、言いそびれてしまった。

何かのついでに花見というのも、心から楽しめぬ気がしたからだ。

めかしこんだおすずのことをおもうと、胸がすこし痛んだ。

「おまつ、土産になるものはないか」

野掛けで摘んだ山菜が笊に盛られ、土間の隅っこに置いてある。

おまつはすぐにそれと察し、釘を刺した。

「土筆や嫁菜をお土産にするわけにはいきませんよ」

「それもそうだ、困ったな」

「白魚が六ちょぼほどありますけど」

「おう、それだ」

六ちょぼといえば百二十四、旬ということもあり、ちょっとした土産にはなる。

「すまぬな」

「途中でお豆腐でも買っていっておあげなさいな」

白魚と豆腐で鍋にすれば、簡単な酒肴ができあがる。

総入れ歯の半兵衛もきっと喜ぶだろう。

「さすがはおまつ」

「おつやさんへのお土産もお忘れなく」

冷たく言いはなちながらも、おまつは小銭まで寄こしてくれた。

半兵衛と親子ほども年の離れた後妻には、照降町名物の翁煎餅でも買ってゆこう。

三左衛門はおまつに礼を言い、穏やかな陽射しのなかを歩みだした。

二

下谷同朋町へは、筋違橋御門前の八ツ小路から昌平橋を渡ってゆく。

御成街道から下谷広小路、仁王門にいたるまでの道筋は、上野の桜を観にきた気の早い連中で埋まっていた。

半兵衛の屋敷は広小路の右手、徒組組屋敷の奥にある。

三左衛門は白魚と豆腐と煎餅を手に提げ、露地裏を縫うようにすすんだ。

何の気なく、四つ辻をひょいと曲がる。

「お」

赤面するような光景に出くわした。

板塀際の暗がりで、手代風の男と下女が口を吸いあっている。

そういえば、今日は奉公人の出代わりの日だ。運良く重年となって店に居残る者、暇を出されて新たな働き口を探さねばならぬ者、一年を区切りに働く下女たちは天国と地獄の分かれ目に立たされる。

「切ないな」

ふたりには別れねばならぬ事情でもあるのか。

三左衛門がみているのも気づかず、下女はおんおん泣きながら、貪るように手代の口を吸いつづける。

ひょっとしたら、手代には決められた許婚があり、主人に逢瀬を知られた下女は店を逐われるはめになったのかもしれぬ。などと想像を逞しくすれば、口のなかに浅葱の臭いが甦ってくる。

好いた者同士なら、どれだけ口が臭かろうと気になるまい。

悲しくも羨ましい光景ではあった。

湿った空気の漾う露地を抜け、三味線堀へ注ぐ忍川沿いにしばらく歩む。

すると、懐かしい満天星の垣根がみえてきた。

垣根のむこうには、庭付きの瀟洒な平屋が建っている。

三左衛門は簀戸門を潜りぬけ、勝手に庭のほうへまわった。

庭には棚が何列も設けられ、所狭しと鉢物がならべてある。

半兵衛は縁側で胡坐を掻き、冷酒を呑みながら待ちかまえていた。

「やっと来おったか、待ちくたびれたぞ」

頭髪は雪をかぶったように白く、顔は朱を塗ったように赤い。

すでに、酒量はかなりすすんでいる。

三左衛門は、すこし腹が立った。

「まあ、あがれ」

「はあ」

「おつや、おつや」

半兵衛は、忙しなく奥へ呼びかけた。

すぐさま、ふっくらした小柄な女があらわれた。

後妻のおつやは三十路を越え、見掛けは地味だが、情のこまやかな女だ。半兵衛に気に入られ、千住宿の飯盛女だったところを身請けされた。酸いも甘いも知り尽くしている。

「おいでなされませ」

おつやは膝をたたみ、三つ指をついた。

「おまつがこれを、白魚に豆腐です。鍋にでもしてくだされ」

三左衛門が土産を渡すと、さらに深々とお辞儀をする。

「ありがとう存じます」

「それから、おつやどのには翁煎餅を」

「そんな、わたしにまで」

「おまつに念押しされましてな」

「いつもすみません」

おつやは顔を赤らめ、滑るように奥へ引っこむ。

「まあ、呑め」

半兵衛は今戸焼きのぐい呑みに酒を注ぎ、みずから手渡してくれた。

これを一気に呑みほし、ぷはあっと息を吐く。

「臭いのう」

半兵衛は怪訝(けげん)な顔をした。

「浅葱の膾か」

「ええ、今日は納雛ですから」

「そうか、おぬしには娘がおったな。雛は木目込か」

「はあ」

「だろうとおもった」

半兵衛は意味ありげに笑い、また酒を注いでくれた。

いつもなら、上等な酒だから味わって呑めだの、意地汚い呑み方はするなだの、小うるさいことを抜かすのに、今日はただ笑って眺めている。何やら気色悪い。

「じつは、三日前に女を拾うての」

「え」

「その女が木目込の立雛を携えておったのよ。あれはたぶん母親の形見であろうな。命のつぎにたいせつな人形にちがいない」

「いったい、女をどこで拾ったのですか」

「忍川をすこし行ったさきの四つ辻じゃ」

加藤出羽守と立花飛騨守の辻番所が、斜交いにむかいあっている。

そこで、半兵衛は揉め事に遭遇した。

「女は四つ辻に倒れておった。菅笠に息杖、手甲脚絆に草鞋履きの旅装束での。辻番どもは行き倒れになった屍骸と勘違いし、右足はそっちにむいておるのだから屍骸を始末せよだの何だのと、たがいに女を押しつけあっておった。そこへ、偶さか運悪く行きあったのじゃ」

日の出も近い寅ノ下刻（午前四時）、半兵衛は釣り竿を担ぎ、三味線堀へむかうところだった。

「わしはみるにみかねて、辻番どもを叱りつけてやった。そうしたら、あの阿呆ども、文句を言うなら、ほとけを始末しろと抜かす。よし、みておれと息巻き、わしは女を背負ったのじゃ。呼吸はしておらなんだし、からだも冷たい。やはり、ほとけなのだろうと、そのときはおもった」

ところが、女は半兵衛の背中で息を吹きかえした。

「ほりゃたまげたわい。心ノ臓が停まりそうになってのう、こっちがほとけになるところじゃった」

女は年の頃なら二十三、四、おもわず、むしゃぶりつきたくなるような美人だという。

「ぬほほ、案ずるな。わしにその気はない。若いおなごと懇ろになるのも面倒でな」

「行きがかり上、旅装束の女を助けてしまわれたということですな。で、その女は」

「奥におる」

「まことですか」

「何を驚いておる」

「国元を訊きだし、そちらへ送りかえしたのかと」

「それができれば苦労はせぬ」

「と、申されますと」

「からだのほうは大事ないのじゃが、何を訊いても喋らんのよ」

「口が利けぬと」

「以前からそうであったのか、何かのきっかけでそうなったのか。ともかく、ひとことも喋らぬ」

「筆談はいかがです」

「験(ため)してみたが応じぬ。いや、筆は握るのだが、自分の名も書けぬのさ」

「ほう」

頷(うなず)いたところへ、おつやが酒肴をはこんできた。

早蕨(さわらび)の煮付けに嫁菜のおひたし、それから、白魚と豆腐を鍋に仕立てた一品もさっそく出された。鍋は七輪に載せ、都度、温めながら取りわけるのだ。

「美味そうじゃのう。おつや、権兵衛を呼んできなさい」

半兵衛に命じられ、おつやはまた奥へ引っこんだ。

「権兵衛とは誰のことです」

「鈍いやつじゃな。名無しの権兵衛よ。拾うたおなごのことさ」

「ひとつ、お聞きしても」

「なんじゃ」

「拙者を何のために呼んだのです」

「それか。ま、わしひとりの手には余るということさ」

「巻きこまれるのは御免ですな」

「また、つれないことを言う」

「半四郎どのにはご相談されたのか」

「声は掛けたが、やつは逃げ腰じゃ。元徒目付の娘に惚れおって、そっちにしか目がむかぬ」

「雪乃どのですな」

「ふん、半四郎も面倒なおなごに惚れおったわい」

「おまつも気に病んでおります。なにせ、見合いを仕組んだ張本人ですから」

「あのふたり、無理にでもくっつけねば離れてしまうぞ。そうなれば、半四郎は融通の利かぬ男じゃから、生涯の伴侶にめぐりあえぬかもしれぬ。つまりは千載一遇の好機を逃すということにもなりかねぬ」

「困りましたな」

「まあよい。半四郎のことは後まわしじゃ」

おつやに連れられ、女がひっそりあらわれた。

髪を丸髷に結い、眉を綺麗に剃っている。

人妻であることは確実だが、年齢はまだ若い。

肌は透きとおるほど白く、目鼻立ちがはっきりしている。

小柄で四肢は細く、それでいて胸の膨らみは豊かだ。

「どうじゃ、美しいおなごであろう」

水をむけられたところで、応じようもない。

廓で花魁を品定めするのとはわけがちがう。

三左衛門は女から目を逸らし、黙ってぐい呑みをかたむけた。

「おつや、権兵衛をここに座らせなさい」

「はい」

おつやが半兵衛の隣へみちびくと、女は素直にしたがった。

三左衛門は向かいあう恰好になり、目の遣り場に困った。

「鼻のしたを伸ばしおって、この」

半兵衛は赤ら顔でからかい、美味そうに酒を呑む。

女はこちらの顔を、穴があくほど凝視めていた。

ずいぶんと瞳の色が薄い。幸も薄い女に映った。

「これを食べてみよ、美味いぞ」

女は箸を上手に使い、おつやが鍋から取りわけた白魚と豆腐を食べた。

すこし食べて顔をほころばせ、頬をぽっと朱に染める。

「ほほう、はじめてそのように笑ったの」

笑うと額の蔭が消え、女の美しさは際立った。

「そなたはどこぞの姫君か。国元は何処じゃ、江戸へ何をしにまいった。わざと見窄らしい恰好を装ったのは、誰かを欺くためのものなのか。どうであろうな、そろそろ喋ってはくれぬか」

無理だなと、三左衛門はおもった。

声ばかりか、記憶も失っているのだ。

半兵衛にも、それくらいの見当はついているにちがいない。

刺激を与え、記憶を呼びさまさせようと試みているのだ。

女は豆腐をまたひと口食べると、満足げに溜息を吐いた。

そして、唇もとを微かに震わせ、消えいりそうな声でことばを発した。

「お、喋りおった……なんじゃと、聞きとれなんだぞ」

半兵衛は人が変わったようになり、女の肩を激しく揺すった。

「もういっぺん、もういっぺん、喋ってみよ」

女は恐怖に顔を引きつらせ、おつやに救いを求める。

「旦那さま、おやめくだされ。わたしは聞きました、この耳でちゃんと」

「なんじゃ、おつや、申してみよ」

「おかべと、仰いました」

「おかべ」

「はい」

豆腐のことだ。山の手に住む武家の女たちだけが、豆腐をおかべと言う。

してみると、この女、何処かから江戸へやってきたのではなく、何処かへ旅立つところだったのかもしれない。

じっと考えこむ三左衛門の顔を覗きこみ、半兵衛は嬉しそうに頷いた。

「ふっふ、豆腐のおかげで、女の素姓がわかりかけてきたぞ」

「それはよかったですな」

「これからも、いろいろと頼む」

「頼まれても迷惑です」

「だから、つれないことを申すな。相身たがい、困っておる者を助けるのが人の道であろう」

半兵衛に諭されると、納得させられてしまうから不思議である。

「年の功というものさ」

白髪の老人は笑い、三左衛門のぐい呑みに酒をとくとく注いだ。

三

数日後、半兵衛から呼びだしが掛かった。

疚しい気持ちは欠片もないので、おまつに気兼ねする必要は何ひとつない。にもかかわらず、三左衛門は半兵衛の拾った女のことを「かぼちゃなみに不細工な女だ」と偽って告げた。

おまつはそれを素直に信じ、快く送りだしてくれたが、かえって悋気の種を蒔いてしまったような気がして、三左衛門の足は重かった。

下谷同朋町の屋敷を訪れてみると、半兵衛は気味が悪いほどにこやかに出迎えた。

「おなごの名がわかったぞ。さくらというらしい」

「ほう、さくらですか」

縁側から庭を眺めると、彼岸桜の細木が目に留まった。

散りゆく花弁を愛でながら、女は「さくら」と口走っただけではないのか。

「疑うておるのか。ま、わしもしかと聞いたわけではないがな、権兵衛よりはましであろう」

「おかべにさくら、ほかには何か口にしましたか」

「べんてんと言いおった」

「おかべにべんてん、しりとり遊びですな」

「言われてみれば、そうじゃな」

「べんてんとは、弁財天のことでしょうか」

「ほかに何がある。そこでな、不忍池の中島弁天と本所の一つ目弁天に参ってみた」

「いかがでした」

「成果なしじゃ。何の反応もしめさぬ。ふふ、さくらに逢いたいか」

「え」

「逢いたいから、のこのこ出てきおったのであろう」

「とんでもない。呼ばれたから仕方なく来ただけです」

「正直になれ。美しい女をみれば胸が騒ぐ、それが男というものさ」

「何を仰る」

「おまつどのも艶なおなごではあるがの、それとこれとは別のはなしじゃ。さくらに胸をときめかせたとて、何も慚じることはない。それはおぬしが枯れておらぬという証拠よ。ぬほほ、わしとて枯れてはおらぬがの、まえにも言うたが、若いおなごと懇ろになるのも面倒でな」

半兵衛の喋りに引きこまれたわけではないが、三左衛門は「さくら」に逢いたいとおもった。「かぼちゃなみに不細工」な女であったならば、呼ばれてほいほい出掛けてきたとはおもえない。

「残念じゃが今日はおらぬ。おつやともども井の頭弁天へ詣でにまいった」

「さようでしたか」

「がっかりするな」

「しておりませんよ」

「頑固な男じゃのう」

わざわざ留守に呼びつけおって、意地悪な爺めと、三左衛門は胸の裡で罵りつつも、顔色も変えずに窘めた。

「女ふたりの遠出とは、無用心ですな」

「案じるな、半四郎を随伴させた」

「ほう、半四郎どのもよくぞお受けなされましたな」

「あたりまえじゃ。ほかならぬ、わしの頼みじゃぞ」

「で、今日は何の用事です」

「じつは、妙なことがあってな」

「妙なこと」

「ふむ、立花飛驒守の家臣と名乗る者が、訪ねてまいったのじゃ」

「飛驒守といえば、例の辻番同士で諍いがあったという」

「さよう、かたわれのほうじゃな。不躾にも、女はどうしたと糺す。荼毘に付

した と 応えたらば、そやつ、いかにも残念そうに舌打ちをしおった」

「舌打ちですか」

「目のまえで舌打ちをされたら、かっとなりはせぬか」

「なりますな」

「わしは右手を伸ばし、そやつの咽喉仏を摑んでやった」

「それはまた、おもいきったまねを」

「ふふ、むかしとった杵柄よ」

相手は目を白黒させながら、怪しげな男に小金を握らされ、女の行方を追うように命じられたと吐いた。

「立花家の家臣というのは真っ赤な嘘、食いつめ者が月代を剃っただけのことさ。わしの人相風体を聞きまわって屋敷を捜しあて、詳しい事情も知らずに訪ねてまいったのじゃ。無理もあるまい、女の生死を確かめるだけで一両、女を生きたまま連れだせば十両くれてやると、男に告げられたそうだ」

「男というのは」

「月代侍じゃ。からだつきは中肉中背で齢は四十前後、目鼻立ちにこれといった特徴はないものの、眉毛が一本に繋がっておったとか」

「一本眉の侍か」

「髪結いの仙三に探らせておる」

「仙三まで巻きこんだのですか」

「夕月楼の金兵衛にも相談したぞ。やつは胸をぽんと叩き、いざとなれば、さくらを預からせてほしいと言いおった。さすがは江戸っ子、上州の山出し者とは覚悟の決め方がちがうわい」

「金兵衛どのは分限者です。くらべられては迷惑ですな」

「はは、拗ねるでない。貧乏人はすぐに拗ねたがる」

「くっ」

三左衛門は腹を立て、腰を浮かせかけた。

「帰るのか」

「はい」

「まあ待て。おぬし、これを何だとおもう」

半兵衛は脇に置かれた袱紗を開き、なかから二寸四方の樹皮をとりだした。

「これは榎じゃ。さくらが後生大事に抱えておった。木目込の雛人形といっしょにな」

「なぜでしょう」

「それを、おぬしに訊こうとおもったのよ」

「さっぱり、わかりませぬ」

「やはり、おぬしの脳味噌では無理か」

いちいち、ことばに毒がある。

三左衛門は怒りを怺え、榎の樹皮を手にした。

よくみれば、小刀で端を削った痕跡がある。

ふと、おまつに教えられた子易観音の霊験譚をおもいだした。

盆の時期、仕事師たちは大川で水垢離をおこなったのち、納太刀を担いで相州へ大山石尊詣でにむかう。山腹の登攀路に子易観音を祀る神社があり、女房が子を孕んでいる亭主はかならず拝殿へおもむき、小刀で柱の一部を削りとって土産にする。

「削りとった木っ端を大事にしておれば、安産に霊験があるとか」

「お守りじゃな。そうか、榎の皮はお守りかもしれぬ」

「ご覧なされ。ここに削った痕があります」

「どれ、ほう、そのようじゃの。榎の皮を削って茶でも点てたか」

「茶ではありませんが、似たようなはなしを聞いたことがあります」

三左衛門は腕を組み、じっと考えこんだ。

半兵衛は焦れったそうに膝を乗りだしてくる。

「おもいだしたか」

「いいえ、だめです」

「けっ、期待させおって」

「おまつにでも聞いてみましょう」

「おう、そうしてくれ」

「では」

「やはり、帰るか」

「ほかに用事がおありですか」

「夕餉でもどうじゃ。そのうち、おなごども帰ってこよう。どうせ、貧乏長屋に帰っても、ろくな飯は食えまい」

「そのまんま、おまつに伝えますよ」

「待て、それは困る」

憎まれ口を叩くのが好きな半兵衛も、おまつにだけは嫌われたくないらしい。

「一本取らせてもらいましたな」

三左衛門は勝ちほこったように言いはなち、半兵衛のもとを辞去した。

四

下谷広小路の喧噪（けんそう）に背をむけ、暮れゆく忍川に沿って南東へむかった。

女が行き倒れになった四つ辻を、この目でみておこうとおもったのだ。

さほど遠くはない。四つ辻はすぐにわかった。

南西に加藤出羽守、北東に立花飛驒守屋敷の海鼠塀（なまこべい）が斜交いにつづき、ほかにも中小の大名屋敷が連なっている。

地べたに影が長く伸びた。

振りむけば、血の色に染まった夕空がひろがっていた。

もうすぐ、陽は落ちる。

女は、何処へむかおうとしていたのだろうか。

山の手に住む武家の妻女がひとり、旅仕度で下谷あたりを彷徨（うろつ）いていること自体、妙といえば妙なはなしだ。

何か、のっぴきならない事情があって、家を飛びだしたのであろうか。

武士の妻がみずからの意思で家を出るには、よほどの覚悟がいる。世間に知れたら、夫は恥をさらすことになるのだ。それこそ、生死の瀬戸際に立たされでもしなければ、一線を踏みこえる勇気は出せまい。

しかも、なぜ、女は記憶を失ってしまったのだろう。

不運な出来事に遭遇したとすれば、女は二重の不幸にさらされたことになる。家を飛びだし、何処かへ旅立つはずの目論見が儚くもくずれさったのだ。

女の記憶さえもどれば、すべてはわかる。

半兵衛同様、まことの事情が知りたくなってきた。

三左衛門はふたつの辻番所を交互に睨みつけ、四つ辻をあとにした。

日本橋へもどるには、忍川沿いにすすんで三味線堀を通りすぎ、新シ橋から神田川を渡ればよい。

釣りの穴場でもあるので、三味線堀の界隈はよく知っている。

大名屋敷に囲まれた池畔は深閑とし、今時分は人影も少ない。

が、さきほどから、何者かに跟けられているのを察していた。

半兵衛のもとへ食いつめ者を寄こした男か。

それならば、かえって好都合だ。胸倉を摑んで絞りあげ、事情を訊きだしてくれよう。

三左衛門は三味線堀を目前にし、さっと物陰に隠れた。

わずかに遅れて跫音（あしおと）がひとつ、大急ぎで駈けてくる。

絶妙の好機を捉え、物陰から躍りだした。

「おらああ」

腹の底から脅しつけると、相手は堪（たま）らずに尻餅（しりもち）をついた。

それでも、大刀の柄に手を掛け、こちらを睨みつけている。

「侍か、一本眉だな」

「それがどうした」

「なぜ、わしを跟ける」

「ちと訊きたいことがあってな」

「ほう」

「教えてくれれば一両出す。どうじゃ」

「ふん、わしが金に容易（たやす）く転ぶ男とみたか」

「みた」

あっさり応じられ、三左衛門は渋い顔をつくった。

「ずいぶん見くびられたな」

「風体に苦労が滲みでておる」

「余計なお世話だ。そっちこそ、誰ぞに飼われておるのであろう」

「才覚をみとめてもらい、さるお方に仕えておるのだ」

ふと、似たような体臭を嗅ぎつけた。

「おぬし、もしや、上州の出か」

わずかな沈黙ののち、一本眉はゆっくり頷いた。

「ようわかったな」

「わしは富岡だ。七日市藩で禄を食んでおった」

「されば隣同士、わしは甘楽の小幡藩二万石よ」

「出奔したのか」

「ああ、上役を斬ってな」

「なに」

みずからの出奔経緯とかさなった。

七日市藩は財政難に見舞われ、加賀本家から援助を受けつづけていた。養蚕業で財政の立てなおしをはかったものの、解決にはいたらず、殿様は本家への対面もあり、ついに大規模な藩士の首切りを断行した。

首切りの憂き目に遭った藩士たちにとっては、青天の霹靂ともいうべき出来事である。血気盛んな若手の一部は抑えがたい憤懣のはけ口を求め、城下で殿様の駕籠を襲撃するという暴挙に出た。

馬廻り役の三左衛門は奮戦し、藩士たちを斬りすてた。

ところが、斬りすてたなかに朋輩もまじっていた。役目上、やむなきことであったとはいえ、朋輩を斬った傷は簡単に癒せるものではない。とどのつまり、出奔を決意せざるを得なかったのである。

「どうやら、おなじような経緯をたどったらしいな」

と、一本眉が探るように睨めつけてくる。

「姓名を聞いておこうか」

「浅間三左衛門」

「本名ではないな」

「なぜ、わかる」

「ふっ、わしも名を捨てたからよ」

「今の名は」

「曲淵陣九郎」

「ずいぶん面倒な名をつけたものだ」

「ここまで来るのに紆余曲折があったのよ……それにしても、同郷とは奇遇よな。これではなしがしやすくなった」

「どうかな。ま、とりあえず聞こうか。何が知りたい」

「隠居が助けた女のことだ」

「茶毘に付したと聞いたが」

「笑止な、生身のすがたをこの目でたしかめておる。丸五日、足を棒にして市中を歩きまわり、ようやっと捜しあてたのじゃ。佐保どのにはどうあっても、御屋敷へ戻っていただかねばならぬ」

女の名は佐保というのだ。ここは適当にはなしを合わせたほうがよかろう。

「なるほど、おぬしに嘘は通用せぬらしい」

「そこよ、貴公らの狙いがわからぬ。なぜ、嘘を吐いてまで佐保どのを匿うのだ」

氏素姓をさっさと尋ね、然るべきところへ帰らせるのが常道であろうと、曲淵は怒ったように吐く。

「え、どうなんだ」

「心身の疲労がひどく、恢復までに今しばらくの時を必要とするからさ」

「そうはみえなんだな。だいいち、今日も井の頭池まで足を延ばしたであろうが」

「跟けたのか」

「あわよくば奪おうとも考えたが、用心棒よろしく不浄役人が随伴しておった。あやつについても調べたぞ、八尾半兵衛の甥っ子で半四郎とか申す同心だ。八尾半兵衛も元来は風烈見廻り同心、頑固一徹の忠義者であったとか」

「よく調べあげたではないか」

「いかに不浄役人といえども、武家の道理はわきまえておろう。それがなぜ、旗本の妻女を匿う」

三左衛門の片眉がぴくりと動いた。佐保は旗本の妻女なのだ。

「いずれにしろ、八尾半兵衛なる隠居、ひと筋縄ではゆきそうにないとみた。貴公、あの隠居とは気がおけない間柄なのであろう。橋渡しをせぬか。無論、只でとは言わぬ。女を引きわたしてくれれば十両払う」

「なぜ、自分でやらぬ」

「それができれば苦労はせぬ。わしの顔を拝んだ途端、佐保どのは逃げだすやもしれぬのだ」

「十両か、わるくないな」

「受けてくれるか」

「事情をすべてはなしてもらえれば、受けてもよい」

「それはできぬ」

「なぜ」

「貴公にはなしても詮無いこと……あっ」

曲淵は何かを察したように、一本眉をすっと撫でた。

「もしや、佐保どのは貴公らに氏素姓を喋っておらんのか。ゆえに、御屋敷へ返そうにもできぬわけだな。そうか、それでようやくわかった」

「勝手にひとりで納得しおって。事情をはなさぬと申すなら、橋渡しはできぬ」

「もうよい」

「あきらめが早いな」

「妻女が口を噤んでおるのなら、策を練る猶予はある」

「策を練ってどうする」

「奪いかえしてやるさ。さもなくば」

「さもなくば」

「斬る」

「それが主命か」

「さよう、夫に恥を掻かせた罰だ」

「夫に恥を掻かせてでも家を出る。妻女にそこまで決意させた理由とは何だ」

「貴公が知る必要のないことさ」

「藩も故郷も捨てた男が、旗本に忠義立てするのか」

「忠義立てではない、生きるためだ」

「おぬし、家族は」

「それも捨てた」

「悲しいな」

「余計な詮索(せんさく)よ」

曲淵の五体に殺気が漲(みなぎ)った。

すでに、周囲は薄闇に閉ざされている。

背後の池から、ぽちゃりと水音が聞こえた。

野鯉でも跳ねたのか。

「浅間三左衛門、もはや、貴公に用はない」

「斬るか」

「名を知られた以上はな」

「どうせ、仮名であろうが」

「今はこの名で生きている。これからも生きねばならぬ」

――けえ……っ。

抜き際から、鋭い切先が伸びてきた。

これを胸先で躱し、三左衛門は小太刀を抜いた。

抜いた勢いで相手の袂を断ち、後方へ一間近くも跳ねとんだ。

「ぬおっ」

曲淵は断たれた左袖を引きちぎり、低い姿勢で突きかかってくる。

三左衛門は沈みこみ、小太刀を真横に薙ぎはらった。

鳶の鳴くような金属音が響き、火花が激しく散った。

「いやっ」

曲淵は、さらに二段突きを試みた。

が、巧みに躱され、池の縁で踏みとどまった。

「おもいだしたぞ」

こちらに背をむけたまま、重々しく発してみせる。

「七日市藩に小太刀を遣う馬廻り役がおった。名は楠木某というたか、富田勢源の再来にして化政の眠り猫と称された男じゃ」

曲淵は首を捻り、やけに赤い口端を吊りあげた。

「おぬしだな、太刀筋でわかったぞ。自分で申すのも何だが、わしも甘楽ではちと名の知れた男でのう。必殺の二段突きを躱したのは、おぬしがはじめてよ。化政の眠り猫とは、いちど手合わせを願おうとおもっておった。それが、こんなところでかなうとはな。ふふ、まこと世の中は面白い」

曲淵は肩を揺すって嗤い、大刀を鞘に納めた。

「勝負はあずける。楽しみはあとにとっておこう、さらば」

勝手な台詞を残すと、すたすた去ってゆく。

横幅のひろい背中は、すぐさま闇に消えた。

三左衛門は肩で息を吐き、ようやく小太刀を納めた。

「手強い」

額には、膏汗が滲んでいる。

「小幡藩の一本眉か、こっちもおもいだしたぞ」

たしか、暴れ牛を一撃で突きころしたという逸話をもつ男だ。

気づいてみれば、右の鬢に一寸ほどの金瘡を負っている。

ぱっくり開いた傷口から、つうっと血が垂れてきた。

「困ったな」

三左衛門は闇を凝視め、ぺろりと血を嘗めた。

五

蒼穹にぽっかり浮かんだ白い雲、浦浜からそよぐ清明風はじつに心地よい。

三左衛門は、ひさしぶりの旅を満喫している。

三泊四日、江ノ島弁天詣での泊まり旅だが、ほかならぬ半兵衛の頼みなので、おまつは渋々ながらも赦してくれた。

日本橋から東海道を上り、江ノ島への起点となる藤沢宿までは十二里十八町である。途中に関所はなく、女連れでも道中手形は必要ない。江戸者にとっては房州の成田山とともに、人気を二分する行楽先だ。

まことに、これが遊山旅であったなら、どれだけ楽しいことか。

と、おもいつつ、三左衛門は塵除けの浴衣を纏った女の背中を眺めた。

――佐保。

佐保とは、春を司る女神のことだ。

裳裾をたなびかせ、春霞のなかを舞う天女。その美しいすがたは、江ノ島の裸弁財天ともかさなる。

佐保は、いまだに記憶をとりもどしていない。

といっても、ことばを発しないだけで、行動に何ら不自然な点は感じられなかった。箸の上げ下ろしもできれば、着物の着付けも上手だし、暮らしに支障のない範囲で一日を過ごすことはできる。

ただ、佐保という名にはまったく反応をしめさなかった。

どこに住んでいたのか、どこで生まれ育ったのか、どんな経緯で旅に出たのか、そうした自分自身に関する記憶がごっそり欠落しているのだ。

江ノ島行きは、記憶を甦らせるための旅にほかならない。

おかべ、さくら、べんてんにつづいて、佐保の口走ったことばが「しものみや」であった。

半兵衛が弁財天のつかわしめである蛇から連想し、浅草橋場の浅茅が原にある蛇塚へ連れていった。その際、ぽろりとこぼしたのだという。

しものみやとは、江ノ島弁天の本宮、上之宮、下之宮とあるうちの下之宮のことと思われる。朱の鳥居をくぐったさきに有名な裸弁財天を祀った弁天堂がある。

「佐保はな、江ノ島へ行くつもりだったのさ」

半兵衛はせっかちなので、そうと察するや、さっそく旅仕度にとりかかった。

もちろん、曲淵陣九郎なる剣客のことは聞いた。聞いた以上、用心を欠かすことはできない。

「おぬしも来い」

当然のような顔で命じられ、三左衛門は付きあわされた。

要するに、用心棒役である。

半兵衛はおつやも連れてきた。そこは千住宿の元飯盛女、旅先で何かと重宝するという理由からだ。

白髪の隠居に浪人風体の四十男、それに丸髷の女がふたり、年齢も見た目もばらばらな男女四人、端からみれば珍妙な取りあわせかもしれない。

半兵衛はすこしも意に介さず、暢気（のんき）な顔で漫（そぞ）ろに歩んでゆく。

すでに、陽は高い。

大畷（おおなわて）の左手には瑠璃色（るりいろ）の海原がひろがり、弓なりにつづく袖ヶ浦（そでがうら）の岸辺には白波が打ちよせている。

弥生もすでに半ば、暦便覧（こよみびんらん）に「春雨降りて百穀を生化すればなり」と記された穀雨（こくう）の季節の到来である。

黒松林の往還（おうかん）をすすめば、気持ちの良い汗が滲んでくる。

日本橋から品川を経由し、六郷（ろくごう）の渡しまでは四里強、川を越えれば厄除（やくよ）け大師（だいし）で有名な川崎宿（かわさきしゅく）へたどりつく。

「川崎といえば万年屋（まんねんや）、何というても奈良茶飯（ならちゃめし）じゃ」

半兵衛は門前の人波を漕（こ）ぎわけ、目敏（めざと）くみつけた『万年屋』へ泳ぎついた。

女ふたりがいそいそしたがい、三左衛門はしんがりから慎重に従いてゆく。

当初、万年屋は一膳飯屋だったが、今は旅籠（はたご）も兼ねており、名物奈良茶飯のおかげでたいそうな繁盛ぶりである。

しばらく待って席に座り、さっそく奈良茶飯を注文した。

「万年といえば亀、緑の亀といえば江ノ島じゃ。浅茅が原へ足をむけたときも、わしは亀を念頭に浮かべたのよ。なにせ、浅茅が原には梅若丸の母親の妙亀尼の墓がある。まさに亀繫ぎじゃわい、ぬほほ」

佐保は半兵衛から梅若丸の悲話を聞き、さめざめと涙を流した。

平安中期、京北白川に住む公家の子、梅若丸は人買いにさらわれた。陸奥へむかう途中で病に倒れ、隅田河畔で没してしまう。そこへ天台宗の高僧があらわれ、十二歳で逝った哀れな幼子を悼み、河畔に塚を築いた。

それが隅田村にある木母寺の開基譚である。

明日はちょうど梅若丸の忌日、木母寺では大念仏が催される。

謡曲『隅田川』は、苦労の末に子を尋ねた妙亀尼の悲しみに題材をとった物語だ。

半兵衛は旅のはじまりから上機嫌このうえなく、本来の目的を忘れているかのようだった。

「忘れてはおらぬぞ。琵琶を奏でる裸の弁天さまを拝めば、佐保もきっと記憶を取りもどすであろうよ」

やがて、お待ちかねの奈良茶飯がはこばれてきた。

名物といっても、大豆や小豆や粟などを茶の煎じ汁で炊き込んだ飯にすぎない。これに六郷川で採れた蜆(しじみ)の味噌汁が付く。

四人とも腹が空いていたので、ものも言わずに食べつづけた。

あっさりしてすこし物足りないが、評判どおりの美味である。

佐保の幸福そうな顔に目をほそめ、半兵衛は嬉しそうに言う。

「酒が欲しゅうなったな」

「呑みますか」

「いや、我慢しよう」

「おめずらしい」

「大師さんに詣で、夕刻までには神奈川宿(かながわしゅく)までたどりつかねばならぬからの」

還暦を越えた身にすれば、一日七里の道程はしんどいにちがいない。

それでも、拾った女を救うためには一歩一歩前進しなければならぬ。

半兵衛がかなり無理をしていることに、三左衛門はこのときはじめて気づかされた。

六

翌、弥生十五日。

半兵衛の一行は、神奈川宿に一夜の宿を求めた。

昨日とは打って変わり、明け方から雨がしとしと降っている。

「涙雨か」

半兵衛は、恨めしそうに天を仰いだ。

毎年、梅若丸の忌日にはよく雨が降る。

四人は簑笠をかぶり、湊町をあとにした。

つぎの保土ヶ谷宿までは一里九町、さらに戸塚宿を経由して藤沢宿までの五里半、しばらくは内陸を通過するため、海をみることはできない。

「おい」

半兵衛に呼ばれ、三左衛門は女ふたりを追いぬいた。

「何ですか」

「巳ノ刻（午前十時）までには保土ヶ谷へたどりつけよう」

「そうですな」

女たちに聞かれたくないのか、半兵衛の足取りが速くなる。

「おぬしと同郷の曲淵陣九郎なるもの、佐保を力ずくで奪いかえすと豪語したのじゃな」

「はあ」

「事と次第によっては斬ると、物騒なことも吐いたのであろう」

「あれは脅しではありませんな」

「追ってくるとおもうか」

追ってくるどころか、道中のどこかで待ちぶせをはかっているにちがいない。

「仕掛けてくるとすれば、どこかの」

「おそらく、権太坂（ごんたざか）」

「ふふ、わしもそうおもう」

半兵衛は不敵に笑い、三左衛門の腰をみた。

「鞘の中身は竹光（たけみつ）か」

「ええ、そうですよ」

「越前康継の葵下坂、一尺四寸にも足りぬ脇差だけが頼りということか」

「そちらも、二本差しておられますな」

「ふっ、これか」

半兵衛は、柄袋に包まれた大小を叩いた。

「じつは昨夜、験しに抜いてみようとおもうてな」

「はあ」

「どうがんばっても、抜けなんだ」

「え」

「鯉口が錆びて抜けんのさ」

「手入れは」

「しておらぬ」

「いつごろから」

「かれこれ二十年ほどになるか。いや、もっとかもしれぬ。ふほっ、完璧な赤鰯じゃな」

笑っている場合ではない。

「おぬしには、腹を決めてもらわねばならぬ」

「え」

「小太刀というものは相手の懐中に飛びこんでこそ威力を発揮する。まんがいち敵が大人数で襲ってきたら、一尺四寸では脅しも利くまい」

「半兵衛どの、何が仰りたいのです」

「覚悟のほどを糺したいのじゃ。峰打ちでは殺られるぞ。おぬしに敵を斬る覚悟はあるのか」

　ぐっと、返答に詰まった。

「ほうらな」

　半兵衛は嘲笑いながら肩を竦め、とっとと先へすすんでゆく。

　痛いところをつかれただけに、自分自身への怒りが込みあげてきた。

　人を斬るには覚悟がいる。考えようによっては、斬られるよりも辛い。痛みは永遠に消えず、澱のように残る。たとい、相手が悪党であろうと、おなじことだ。

　三左衛門に、それがわからぬはずはない。同朋を斬り、七日市藩を出奔した身なのだ。

「くそっ」

　往来の随所には水溜まりができ、草鞋と足袋はぐっしょり濡れていた。

　足が重い。鉛の草鞋でも履かされたようだ。

　三左衛門は、曲淵陣九郎の顔をおもいうかべた。

　暴れ牛を一撃で突き殺した男。たしかに、中途半端な覚悟で敵う相手ではない。

ここはやはり、心を鬼にしなければならぬのか。

巳ノ刻。

雨は熄む気配もなく、勢いを増していた。

四人は丘陵の谷間に烟る保土ヶ谷宿を抜け、長い登り坂に差しかかった。

旅人泣かせの難所、権太坂である。

この坂を越えれば、相州の戸塚宿へたどりつく。

気持ちは逸るものの、足がおもうようにすすまない。

「あっ」

佐保が、泥濘で足を滑らせた。

三左衛門は背後から駈けより、助けおこそうとして屈んだ。

そのときである。

突如、左右の笹叢から、喊声が沸きあがった。

「くわああ」

武者装束の荒くれ者たちが得物を掲げ、躍りだしてきたのである。

「山賊じゃ」

半兵衛が叫んだ。

おつやは気丈にも、身を挺して佐保を庇おうとしている。
三左衛門は康継を抜き、先頭の男にむかって駈けだした。
敵の数はざっとみたところ十数人、予想を上回る大人数である。
もはや、あれこれ憶測している余裕はない。
まっさきに為さねばならぬのは、敵の勢いを止めることだ。
先頭の男は面頬で顔を覆い、裸身に三日月紋の胴丸を付けていた。
「けえ……っ」
鋭い気合いとともども、管槍の穂先を突きだしてくる。
三左衛門は躱しもせず、上段から無造作に斬りさげた。
「ひぇっ」
けら首を叩っ斬る。
と同時に、相手の左手首が落ちた。
「ふえええ」
輪切りになった斬り口から、真紅の鮮血が迸る。
返り血を浴びながら反転し、二番目の男に迫った。
男は錆びた鉄兜をかぶっている。

「小癪な、うりゃ」

男は両脚を踏んばらせ、三尺余りの剛刀を頭上に振りあげた。

その左肘に狙いをつけ、電光石火、三左衛門は薙ぎあげた。

「ぬべっ」

左肘が宙へ飛び、鉄兜がぐらりと横にかたむいた。

すでに、三左衛門は三人目の敵を目睫に捉えている。

海老茶の胴丸を付け、管槍を握った髭面の男だ。

「はい、ほう」

鋭利な穂先がぐんと伸び、左肩を薄く削られた。

「得たり」

髭面は、にっと黄色い歯を剝いた。

槍を器用に旋回させ、石突きで打擲を狙ってくる。

三左衛門は横に跳ね、跳ねながら刃を一閃させた。

刹那、男の肩口から血が噴いた。

くの字に曲がった左腕が、ぼそっと地に落ちる。

「うへ、ひぇええ」

髭面は悲鳴をあげ、急坂を転げおちていった。
すべては一瞬の出来事であった。
もはや、三日月胴と鉄兜男のすがたもない。
泥まみれの左手首と二本の腕だけが、置きすてられている。
山賊どもは双眸（そうぼう）を剝き、恐れをなして足を止めた。
三左衛門の形相は、鬼と化している。
「手首、肘、肩、つぎは首か胴か、死にたいやつは名乗りをあげよ」
大喝（だいかつ）し、三左衛門は飛燕（ひえん）のごとく、ばっと両手をひろげた。
土を蹴り、泥撥ねを飛ばして駈けだす。
「わっ、来るな」
ひとりが刀を抛（ほう）り、尻をみせて逃げだした。
何人かが、これに追随する。
三左衛門は、立ちどまった。
「妙だな。山賊にしては根性がない」
ぐるりとみまわし、首領格を探す。
落葉松（からまつ）のしたに、七尺の大男が佇（たたず）んでいる。

目が合った。

「おぬしか。どうみても、おぬしだな」

男は顳顬をひくつかせ、ごくんと雨粒を呑みこんだ。

「待て……は、はなしがちがう」

「なんだと」

「おぬしが、それほど勁いとは聞いておらぬ」

「うぬら、山賊を装ったな。ただの食いつめ者か」

「そうじゃ。女を奪えば十両払うと持ちかけられたのだ」

「一本眉の侍にか」

「ああ、見逃してくれ」

「一本眉は、どうした」

「知らぬ」

「ならば、もうよい。去ね」

男は後ずさり、尻尾をまるめて逃げだした。

残りの連中も逃げ、血腥い臭気だけが残った。

「浅間三左衛門、ようやった」

半兵衛が歩みより、腰に提げた瓢箪を差しだす。

「瓢酒じゃ。咽喉が渇いたであろう」

三左衛門は瓢箪をかたむけ、気持ちよさそうに咽喉を鳴らす。

突如、肩に激痛が走った。

「怪我を負ったな、ほれ」

半兵衛が、こんどは竹筒を投げてよこす。

「竹瀝じゃ」

竹を火に焙って搾りとった油のことだ。化膿止めに塗ってもよし、服用しても痛みをやわらげる効果はある。

三左衛門は奉書紙に竹瀝を塗り、傷口に当てて手拭いを巻いた。

ふと、佐保をみやれば、あたまを抱えて道端に蹲り、おつやに介抱されている。

「おつや、いかがした」

半兵衛に問われ、おつやが困ったように顔をあげた。

「さきほどから、あたまが痛い、割れるように痛いと仰って」

「ほ、そうか」

記憶の一部が洩れだしたのかと、半兵衛も三左衛門も期待した。

「助けて、助けて……」

佐保は、蚊の鳴くような声で繰りかえす。

「……いや、やめて、ぶたないで」

やがて、それは絶叫に変わった。

七

戸塚宿を過ぎるころには雨も上がり、晴天がもどってきた。

肩の金瘡は痛むものの、人を傷つけた痛みのほうが勝っている。

佐保は落ちつきをとりもどし、もとのように何も喋らなくなった。

江ノ島の裸弁財天を拝めば、失った記憶が甦ってくれるのだろうか。

四人は疲れたからだに鞭を打ち、ゆるやかな坂道を登っていった。

左右に立つ松林の幹は、海風に煽られておなじ方向にかたむいている。

磯の香りがした。

自然に足が速まった。

「ほっ、ほほう」

半兵衛が、年甲斐もなくはしゃいでいる。

「海じゃ、ほれ、海じゃぞ」

高台から一望できる海はどこまでも青く、陽光を煌めかせていた。

境川と引地川に挟まれた藤沢宿のむこうには、翠の衣を纏った江ノ島が大きくみえる。

「ほれ、緑の亀じゃ」

半兵衛は入れ歯を剝き、女たちに笑いかけた。

四人はまっすぐ、海にむかって坂を下りていった。

境川を渡る手前の遊行寺坂を下れば、右手に時宗総本山の遊行寺がみえてくる。

藤沢は寺の門前町として栄え、江ノ島詣での拠点となった。

さらに、四ツ谷から山へむかえば大山詣での参詣道へも通じ、稲村ケ崎から極楽寺坂の切通を抜ければ鎌倉へも達する。

旅籠の数は四十軒余り、あらゆる霊場へむかう中継点の役割をも担い、宿場の賑わいは小田原にも引けをとらず、初めて訪れた旅人を驚かせた。

じつは、三左衛門もそのひとりである。

う。

「よし、わしが案内してやる」

一方の半兵衛は隠居後、日本全国を旅してまわった。

江ノ島へも、何度となく足をはこんだという。

藤沢宿で『弁天屋』という大きな旅籠に部屋をとり、さっそく江ノ島へむかう。

半兵衛は着流しになり、朱羅宇（しゅらう）の煙管（きせる）を燻（くゆ）らしながら先頭に立った。

四人は砂州（さす）の回廊をたどって江ノ島へ渡り、江ノ島弁天の下之宮を詣で、上之宮と本宮の拝殿へも足をむけた。

裸弁財天も八臂（はっぴ）弁財天も開帳されており、拝殿で手を合わせれば敬虔（けいけん）な気持ちにさせられた。

半兵衛は佐保の記憶を呼びさますべく、さまざまな逸話を語ってきかせた。

「太古のむかし、このあたりの海に五頭龍（ごずりゅう）という大蛇が棲（す）み、村の人々を苦しめておったのじゃ。あるとき海中から島が隆起し、それが江ノ島となった。世にも美しい弁天さまが天上から舞いおりてきての、五頭龍は恋をしてしもうた。が、悪行三昧（あくぎょうざんまい）を詰（なじ）られ、袖にされたのじゃ」

それでも、五頭龍は弁天をあきらめきれず、改心して善龍となった。

日照りがつづけば雨を降らせ、地震で発生した津波から村を守った。

「やがて、五頭龍は力尽き、滝口山（たきぐちやま）になった。恋の力は強し。大蛇をも改心させたのじゃからな」

半兵衛は、島の裏手にある断崖へも案内した。

断崖に大口を開けた弁天洞窟（どうくつ）の深奥には、漁師たちの奉じる石仏群がある。

弁財天のつかわしめである蛇神像や宇賀神（うがじん）の石像なども見受けられ、岩礁の狭間（はざま）には干潮時にだけすがたをみせる巨大な亀石もあった。

佐保はしかし、何の反応もしめさなかった。

江ノ島弁天の神紋の入った砂切（シャンギリ）（お囃子（はやし））一行の提灯に火が灯るころ、四人は飯盛女の呼びかけも喧（かまびす）しい宿場へ帰ってきた。

「成果なしか」

さすがの半兵衛も、気落ちした様子だ。

が、山海の幸を盛った宿の膳にありついた途端、元気をとりもどした。

夜も更けたころ、宿を訪ねてくる者があった。

髪結いの仙三である。

女たちは隣部屋で休み、男三人が行燈を取りかこんだ。

「よう来た。首を長くして待っておったぞ」

「なにせ、ご隠居さまのご用事でやすから」

なおざりにはできないと、仙三は言う。

いずれにしろ、藤沢くんだりまで来たということは、何かを摑んだにちがいない。

「そのとおりなんで」

半兵衛はずっと待っていた。

最初から『弁天屋』に泊まることも、仙三に告げてあったのだ。

何も知らされていない三左衛門は、驚くと同時に腹が立った。

「むくれるな。驚かせてやろうとおもっただけさ」

仙三はさきほどから、興奮醒めやらぬ様子だ。

酒で口を濡らすと、堰を切ったように喋りだした。

「きっかけは、車力の集まる一膳飯屋の噂話でして、大八車で女をはねた車力がいる、女が死ねば島送りになるので、車力は眠れぬ日々を送っている。そいつを小耳に挟んだあっしは、車力の居所を聞きだし、さっそく訪ねてみたんです」

車力の名は熊六（くまろく）、蔵前大路（くらまえおおじ）で札差（ふださし）の米俵を大八車に積んで運んでいたところ、若い女をはねた。

夜も更け、人通りは少なく、幸い誰にもみられていなかった。

熊六は恐くなって逃げだしたものの、良心が咎（とが）め、また戻ってきた。

ところが、すでに、女は影も形もなくなっていたという。

「熊六は女の顔を知っておりやした。それでなおさら、安否が心配でたまらなくなった」

「女の素姓は」

「へい、茅町（かやちょう）に小店を構える際物師（きわものし）で伊平（いへい）の娘、おさほです」

「際物師の娘、それであの高価な木目込人形を携えておったのか」

際物師は小さくて精巧な雛祭りの調度をつくり、売りさばいたりもする。

縹緻（きりょう）良しのおさほは評判の小町娘、茅町の生き弁天とまで呼ばれていたらしい。

「熊六も地の者なので、知らぬはずはなかったのです」

熊六はおさほの身を案じ、伊平の店の周囲を何度も彷徨いてみた。葬式を出す気配もないので安心したが、やはり、寝覚めは悪い。

「ふんふん、それでわかってきたぞ」

佐保は大八車にはねられ、記憶を失った。

ふらつきながらも三味線堀へむかい、忍川の土手を歩みつづけた。

そして、件の四つ辻で力尽きてしまったのだ。

「おさほは旅装束で実家を訪ねた。おそらく、見納めのためにな。仙三、そろそろ、肝心なことを訊かねばなるまい。おさほは、どこのどいつに嫁いでおった」

「さる御旗本です」

三年前の春、己巳に催された弁財天の縁日で、おさほは偶さか四百石取りの旗本に見初められた。ほどなく、後妻にはいったのだという。

「旗本の素姓は」

「天守番之頭、小松原帯刀、田安門に近い元飯田町に屋敷がありやす」

「富士天か」

「何ですか、そりゃ」

「役人の隠語でな、閑職のことじゃ」

富士見宝蔵番と天守番への転出は、城勤めの役人たちのあいだでは島流しのようなものとみなされている。

「ことに、御天守番は誰からも小莫迦にされておる」

三代家光の御代、明暦の大火で焼失してよりこのかた、千代田城に天守はない。

「すなわち、ありもしない天守を守るお役目が天守番なのじゃ」

「切ねえ役目だな、そりゃ。でも、ご隠居さま、際物師なんぞにしてみりゃ雲の上のごときものでしょう」

「仙三の申すとおり、後妻とはいえ、庶民の娘が旗本の家に嫁ぐのは稀じゃ」

「おさほは裸嫁じゃござんせん。伊平はでえじな一人娘の門出にと、百両の持参金を持たせてやったそうです」

「なるほどな。で、小松原帯刀の評判は」

「芳しくありません。齢五十の偏屈者、自分のほうが種無しのくせに、子のできねえ妻女を虐めぬいていたとか」

「なるほど、これでまたひとつ繋がった。おつやがそっと教えてくれたのじゃ。おさほのからだには灸を据えたような痕跡が無数にあるとな」

「そうなのですか」

と、三左衛門が吃驚した顔で吐いた。

「不用意に喋れば、本人が可哀相じゃろう。だから、黙っておいたのさ」

佐保は虐めぬかれ、耐えきれなくなって家を飛びだした。

そして、実家のある茅町へ足をむけ、大八車にはねられた。

佐保は江ノ島へ、ただ、弁天詣でに来たかっただけなのか。

いや、ちがう。

三左衛門は、唐突にあることをおもいだした。

「半兵衛どの、忘れておりました」

「榎の皮の件です。おまつに尋ねてみたら興味深いことがわかりました」

「なんじゃ」

「なんじゃ、今ごろ」

「申し訳ない」

「言うてみろ」

「板橋宿上宿岩の坂に、囲み二丈の縁切榎があります。おまつが申すには、それではないかと」

「板橋の縁切榎か」

「はい。幹の皮を削り、酒にまぜて夫に呑ませれば、かならずや離縁が叶うとか。一種の呪いですな」

「呪いか、またひとつ繋がったな」

半兵衛が満足そうに頷いたとき、隣部屋から「きゃっ」と悲鳴が聞こえてきた。

「いかがした」

襖を開くと佐保とおつやが身を寄せあい、行燈のかたわらで震えている。

「あれを」

おつやが指差した畳のうえを、蛇がにょろにょろ這っていた。

青味がかった背中に白い腹、二股に分かれた赤い舌もみえる。

「菅笠のなかから出てまいりました」

「ほほう、江ノ島神社から連れてまいったか。ひょっとすると、弁天さんのつかわしめやもしれぬ」

「へへえ」

おもわず、おつやは平伏した。

蛇は素知らぬ顔で廊下を渡り、縁の下へ逃れてゆく。

佐保はおつやの腕のなかで、ぜいぜいと荒い息を吐いた。

「咬まれたのか」

「はい、おみ足を」

「あれは青大将じゃ。だいじない」

佐保は薄目を開け、おつやと半兵衛をみくらべた。

そして、はっきりと、おかべ、さくら、べんてん、しものみや、につづく五つ目のことばを吐いた。

「まつがおか」

「ん、今何と言うた」

「ま……まつがおか」

北鎌倉にある尼寺、東慶寺のことである。

松ヶ岡は、俗に縁切寺とも呼ばれていた。

「ついに、真の行き先を口にしおったわ。ありがたや、これも弁天さんのおみちびきじゃな」

佐保が行きたかったのは江ノ島ではなく、縁切寺にほかならなかった。

八

翌朝は、日の出とともに宿を発った。

七里ヶ浜の海岸線を東へすすみ、一路、鎌倉をめざすのだ。

仙三はいない。明日は浅草の三社祭なので、どうしても帰りたいのだと訴え、ひと足さきに江戸へ引きかえした。

稲村ヶ崎から背をみれば、青海原に江ノ島がぽっかり浮かび、後には富士が雄大な裾野をひろげている。

波間遥かに浮かぶ島影は、大島であろうか。

天気も良く、半兵衛は上機嫌だ。

「傑作じゃ。十分一屋の亭主が縁切寺へおなごを連れてゆくとはな」

「おまつに知れたら、縁起でもないと叱られます」

「黙っていよう。江ノ島弁天詣での旅ということにしておけ」

「はあ」

「おぬし、縁切寺の仕組みはわかっておるのか」

「足かけ三年、有髪の尼となって寺にあれば、めでたく離縁が成就するとか」

「実質は二年じゃ」

それも、夫がとんでもない頑固者で、離縁にまったく応じない場合にかぎられる。

「お詳しいですな」

「これでも不浄役人だったからな」

離縁状のない女の再婚は、御法度であった。離縁状なしで再婚すれば、女はあたまを剃って親元へ戻される。要するに、離縁状は再婚に必要な約束手形のようなものだ。

ところが、暴力などの理由で一刻も早く離縁したいのに、頑迷な夫から三行半を書いてもらえない女たちもいる。

そうした際の救済手段が、縁切寺もしくは駆込寺と呼ばれる尼寺であった。

「半兵衛どの、たとい、松ヶ岡へ駆けこむことができても、かの寺は男子禁制、佐保どの自身の口から離縁したい理由を告げさせねばなりませぬぞ」

「そこが難しいところじゃ」

半兵衛は、困ったように佐保を凝視めた。

蛇に咬まれても、記憶を取りもどすことはできなかったのだ。

記憶さえ取りもどしてくれれば、尼寺から拒まれることはまずない。

「わしがみたところ、今すこしなのじゃが」

半兵衛の読みどおり、あとすこし、わずかでも刺激を与えてやれば、佐保は正気を取りもどしてくれそうな気がする。

寺側に離縁の理由が妥当と認められれば、松ヶ岡の御所名で夫に召喚状が届けられる。夫は出頭に応じずとも、飛脚が持ちこんだ内済離縁状に印を捺して渡せばよい。内済離縁状には、たとえば「以後、右の女、何方へ嫁し候ども少しも構いなく御座候」といった文面が書かれており、これが寺から女へ渡されれば、離縁は成立する。

が、そう簡単にはいかない。

というのも、ひとたび離縁となれば、夫は妻の財産を返却する義務を負うからだ。

金の工面をつける必要が生じるため、夫の多くは捺印を拒む。

拒まれた場合は、即刻、寺院から離婚勧告がもたらされる。町奉行所などの支配役所へ通達が出され、これにしたがって、夫への説得がはじまる。それでも夫が拒否すれば、つぎは寺社奉行所の役人が説得をおこない、なおも拒否するようなら、女はいよいよ寺入りとなる。実質二年間、寺に滞在すれば、夫の意思によらず晴れて離縁となる。

ともあれ、松ヶ岡の縁切寺へ駆けこむのは、切羽詰まった女たちの最終手段であった。

四人は稲村ヶ崎から狭隘な極楽寺坂の切通を抜け、長谷小路をたどって鶴岡八幡宮を指呼においた。若宮大路から二ノ鳥居をくぐれば置石の段葛、頭上には桜花が咲きほこり、三ノ鳥居のむこうには雄壮な社殿の甍をのぞむことができる。

「わあ、きれい」

あまり感情をあらわさないおつやまでが、嬉しさではちきれんばかりの顔になった。

佐保も桜花の隧道を目の当たりにし、瞳をきらきら輝かせている。

「むふふ、連れてきた甲斐があったというものじゃ」

半兵衛は満足げに頷いた。

縁切寺という負の領域をめざすわりに、みなの表情は明るい。

四人は本宮に立ちよって手を合わせ、門前の茶屋で一服した。

おもったよりも参詣客は少なく、藤沢宿や江ノ島にあったようなざわめきは感じられない。こんもりとした翠が閑かさを演出し、人々は蔭のある景観のなかに溶けこんでいる。

そもそも、鎌倉は源氏の要害として築かれた地、京洛の雅や日光東照宮の絢爛とはほど遠く、あるのは質実剛健な武家の佇まいであった。それは起伏の激しい自然を利用しながら、木と石によってつくりこまれたものだ。

まさに、鎌倉は守りの要塞と呼ぶにふさわしいと、三左衛門はおもう。

一行はしばらく休んで腰をあげ、平家池の手前を左手にむかった。

ここからさき、北鎌倉の松ヶ岡までは、ふたつの道筋を選ぶことができる。ひとつは素直に北へむかって、巨福呂坂の切通を突っきる道、またひとつは西から迂回して化粧坂の切通手前で北へ折れ、亀谷坂の切通を抜けてゆく道、どちらを選ぶにしても、急坂と隘路を擁する鎌倉七口の切通をたどらねばならない。

「通常は巨福呂坂からむかうところじゃが、ここはやはり、亀谷坂の切通から行かねばなるまいて」

「亀繋ぎですか」

「ほほ、験担ぎじゃ」

笑っていられるのも坂道の途中まで、四半刻（三十分）も歩めば息があがり、喋るのも億劫になってくる。

迂回路から北鎌倉へ踏みこんだときには、足が棒のようになっていた。

かなりの強行軍で道を稼いだつもりであったが、すでに、午後の陽はかたむきかけている。

翳りゆく隘路の端には、苔生した道祖神が点々とつづいていた。

三左衛門はさきほどから、言い知れぬ不安に苛まれている。

曲淵陣九郎が、あきらめたとはおもえない。

きっと何処かで、待ちぶせしているにちがいないのだ。

妻に逃げられた小松原帯刀にとって、何よりも重要なのは体面である。

逃げられただけでも、妻の躾ひとつできぬ男との悪評が立ち、武辺不覚悟の謗りを免れない。ましてや、妻が縁切寺へ駆けこもうものなら、それこそ御役御免を申しつけられる公算は大きかった。

たとい、ありもしない天守を守る役目であっても、徳川直参としての矜持はある。

どうして、自分はこうも恵まれないのか。

閑職に甘んじたまま、生涯を終えねばならぬのか。

やりきれない日々、小松原帯刀は憂さを腹に溜めていった。

蛇のような執念深さで、佐保を虐めぬいたのだ。

そして、逃げられた。

断じて、赦すことはできまい。

縁切寺へ駆けこむというのなら、斬殺してでも阻もうとするだろう。

曲淵陣九郎は、刺客として送りこまれているはずだ。

尋常な立会いで勝算は五分と五分、三左衛門はそう読んでいた。

一方、半兵衛はあくまでも平静を装い、不安をおくびにも出そうとしない。

松ヶ岡の起源などを、女たちに語ってきかせた。

「東慶寺を開山なされたのは、覚山尼という北条時宗（八代執権）の妻女じゃ。弘安四年（一二八一）に蒙古の軍勢が九州へ攻めてきよった。四千隻の軍船を擁する十四万もの大軍じゃった。しかし、神風が吹いたおかげで国難は去った。そのときの戦死者を弔うべく建立されたのが、鎌倉五山第二位に列せられる円覚寺でな、おなじころ、道ひとつ挟んで南側に東慶寺が建立されたのよ」

覚山尼は、夫に虐げられた妻が多いことを不憫におもい、女人救済の駆込寺をはじめたとされる。

「泰平殿におわす御本尊は、お釈迦様じゃ。隣の水月堂には観音さまが安置されておる。御堂は梅木に囲まれておってな、もう少し早ければ紅白の梅を愛でることもできたろう」

半兵衛はまるで、梅を眺めたことがあるかのように喋った。

「あるのさ。内緒で入れてもらったのよ。かれこれ二十年ほどまえになるがの」

「もしや、誰かを駆けこませたことがおありなのですか」

「いちどだけな。そのとき、尼僧に案内してもらったのじゃ。阿漕な貸元の女房であったな。名も忘れてしもうた。今ごろどうしておるのやら」

半兵衛は、ほっと溜息を吐いた。

「梅は終わったが、今時分は白木蓮が咲いておろう。本殿のそばには枝垂れ桜も植わっておったわい。うん、あれがみたいな、あのときのように門内へ入れてもらえぬだろうか」

目的地を目前にして、みなの足取りは心なしか重い。

縁切寺の門前で、佐保と別れなければならぬ。

佐保の再起を願いつつも、今日の別れが辛いのだ。
杉木立の狭間から、一条の陽光が射しこんでいる。
道を曲がったところに、急勾配の石段があらわれた。
石段の左右に植わった紫陽花は、頑なに蕾を閉じている。
振りあおげば、遥かな高みに、質素な茅葺きの山門が佇んでいた。
「あれが縁切寺」
おつやが、ぽろりと洩らす。
佐保の横顔に、わずかな動揺が走った。
「さあ、まいろう」
半兵衛は凜然と発した。
佐保はおつやに手を取られ、石段をのぼりはじめた。
四人の歩みは、亀のように鈍い。
山門はいっこうに近づかず、のぼってゆく時が永遠にも感じられる。
いましがたまで晴れていた空が、一転、にわかに掻き曇った。
「ん」
尋常ならざる殺気を感じ、三左衛門は足を止めた。

刹那、朽ちかけた門柱の陰から人影があらわれた。

九

曲淵陣九郎は一本眉をそびやかせ、仁王のごとく山門を塞いでいた。

「最後の難関じゃな」

半兵衛は目をほそめ、女たちを石段の下へむかわせた。

みずからも背をむけ、とんとん石段を下りてゆく。

よかろう、ひとりのほうがやりやすい。

三左衛門は、ゆっくり膝を繰りだした。

曲淵は両手をだらりとさげ、こちらを凝視めている。

さきほどまでの殺気は消え、あたりは静寂にとりつつまれていた。

「待ちくたびれたぞ、浅間三左衛門。この山門は地獄を嘗めた女の通る道、さしずめ、わしは無間地獄の獄卒よ。くふふ、必死に逃れようと群れつどう女たちを、ふたたび、この世の地獄へ突きおとす。いいや、いっそ常世へみちびいてやるのが、わしの役目よ」

「あきらめのわるい男だ」

「貴公もな。怪我を負ってまで赤の他人を助けようとする。なにゆえかのう」

「行きがかり上さ」

「ただのお節介焼きか。さすがは十分一屋の女房に食わせてもらっているだけのことはある」

「余計なお世話だ。それより、おぬし、なぜ怪我のことを知っておる」

「権太坂で一部始終をみておった。妻女の行き先が松ヶ岡と察してはおったが、あの時点ではまだ半信半疑でな、今しばらく泳がしてみようと考えたのよ。それに」

「何だ」

「妻女の様子がおかしいと勘づいた。迂闊であったわ、大八車にはねられた件は小耳に挟んでおったからな。あたまでも打ったのだろうよ、それが原因で何もかも忘却してしまったのではないのか。そう考えれば辻褄が合う、貴公らが妻女を匿いつづけた理由もな。図星であろう」

「今さら、どうでもよいことさ」

「そうよな。おぬしと決着をつければよいだけのはなしだ」

「やるのか」

ある。

「わしに利があるからよ」

曲淵の言うとおりであった。

二尺四寸の大刀と一尺四寸の小太刀とでは、平地においても一尺の差がある。急勾配の上と下で対峙すれば、その差はさらにひらく。

刃長の差を補うのは捷さだが、下位にあっては捷さすら減じられる。

逆に、上位を占める曲淵には捷さがくわわり、得意とする突きの威力は倍加する。

最初から位置取りを勘定に入れ、曲淵は待ちかまえていたのだ。

「平地で干戈を交えれば五分と五分、たとい貴公が手負いであろうとな。ゆえに、上位をとらせてもらった。獲物は確実に仕留めねばならぬ」

ずきっと、肩の傷が悲鳴をあげた。

曲淵はあくまでも立ち位置を変えず、脱力したままこちらを睥睨している。

間合いは三間ほど、一気に逆落としの突きを食らえば、ひとたまりもない。

門のほうから湿気をふくんだ風が吹いてきた。

「なぜ、謝る」

「やる、すまぬがな」

「なにやら重い、重いのう……背中に女たちの怨念が渦巻いておるわ」
夕陽を背にした曲淵の顔が、暗く沈んでみえる。
双眸だけが微かに、潤んでいるかのようだった。
――はあ……っ。
裂帛の気合いとともに、両手をひろげた怪鳥が舞いあがった。
石段を駈けおりるのではなしに、一足飛びに跳ねとんだのだ。
「しゃあっ」
曲淵は中空で刃を抜きはなち、火の玉のように肉薄した。
三左衛門の鼻面にむかって、切先が一直線に伸びてくる。
躱せまい。
曲淵の勝ちほこった顔が、視界のなかで大写しになった。
――終わったな。
意識の狭間から、誰かが耳に囁きかけてきた。
事実、三左衛門は一歩も動くことができない。
咽喉か胸をひと突きに刺しぬかれる瞬間を、ただ、漫然と迎えるしかないのか。

それほど、曲淵の突きは鋭かった。
——ひゅん。
刃風が、首筋を擦りぬける。
三左衛門は目を瞑っていた。
しかし、鮮血が飛沫くこともなければ、痛みを感じることもなかった。
痛みを感じる暇もなく、地獄へ突きおとされたのだろうか。
「……やめて、どうか、やめてください」
誰かが、必死に叫んでいる。
若い女の声だ。
「佐保」
三左衛門は目を開けた。
茅葺きの粗末な門のまえに、一本眉の曲淵が悄然と佇んでいる。
すでに、刃は納めていた。
「ふふ、死にそこなったな」
曲淵は吐きすて、薄く笑う。
生きているのだと、三左衛門は実感した。

「ほれ、あれをみろ」

曲淵に言われて首を捻れば、半兵衛がにこやかに手を振っている。

佐保はおつやの袖を握り、嗚咽を洩らしていた。

正気を取りもどしたのだ。

「佐保どのは商人の娘と聞いた。武家の妻女と同等の覚悟を押しつけるのは、ちと酷な気もする」

「だから、やめたのか」

「ああ、女の涙はみたくない」

などと、曲淵は恰好をつけてみせる。

「おかげで、命拾いをさせてもらった」

「ふん、刀を抜かぬ相手なぞ、斬りたくもないわ」

抜かなかったのではなく、抜けなかったのだ。

あきらかに、三左衛門は負けていた。

「よいのか。佐保どのを通せば、小松原帯刀は御役御免になるぞ」

「そうなりゃ、わしもお払い箱だな」

自嘲する曲淵が、哀れに感じられた。

「飯の種を奪ってしまったな」

「詮方（せんかた）あるまい。かえってせいせいした。胸のつかえがとれたわい」

「ひとつ、聞いてよいか」

「何だ」

「暴れ牛を一撃で突き殺したというはなし、ほんとうなのか」

「ほんとうさ。が、そいつは十年もむかしのことでな、もう無理だろうよ」

「なぜ」

「わしは死ぬ気で掛かった。そうでなければ暴れ牛は殺せぬ、ふはは」

曲淵はひとしきり笑い、石段を下りはじめた。

「待て」

三左衛門は、横幅のある背中に呼びかけた。

「まだ、何か用か」

「おぬし、これからどうする」

「さあて、用心棒か人斬りか、どうせ、ろくな働き口はあるまい」

曲淵は右手をひらりとあげ、後ろもみずに去ってゆく。

半兵衛もおつやも、佐保も黙って見送った。

夕空に黒雲が蟠り、ぽつぽつと冷たいものが落ちてくる。

「空も泣いておるわ」

半兵衛に肩を抱かれ、佐保は石段をのぼりはじめた。

足取りは重く、今にも転びそうだ。

無理もあるまい。忘れていた記憶が堰を切ったように溢れだしたのだ。

「苦しかろう。じゃがな、歩みを止めてはなるまいぞ。お佐保よ、そなたは這ってでも、あの山門をくぐらねばならぬ、わかるの」

「は、はい」

声はかぼそく消えいりそうだが、足のはこびは力強さを増していった。

「二年おらずともよい。小松原某が離縁状を書きさえすれば、そなたは解きはなたれる。案ずるな、わしが脅しつけてでも何とかしてやる」

「あ、ありがとう存じます」

佐保ははじめて、意思のかよったことばを吐いた。

「まかせておけ」

半兵衛は胸を叩き、こほっと咳きこんだ。

またしても厄介事を引きうけてしまったのだ。

三左衛門は横をむき、聞こえないふりをした。

目と鼻のさきに迫った山門が、烟るように霞んでみえた。

雨はいっそう激しくなり、矢となって降りそそいでくる。

「こりゃ敵わん、尼さんに雨宿りを請うしかあるまい」

濡れ鼠の半兵衛は眦をさげ、にっと笑ってみせた。

さ-26-32

照れ降れ長屋風聞帖【四】
て ふ ながやふうぶんちょう
富の突留札〈新装版〉
とみ つきどめふだ しんそうばん

2020年2月15日 第1刷発行

【著者】
坂岡真
さかおかしん


【発行者】
箕浦克史
【発行所】
株式会社双葉社
〒162-8540 東京都新宿区東五軒町3番28号
［電話］03-5261-4818(営業) 03-5261-4833(編集)
www.futabasha.co.jp
(双葉社の書籍・コミックが買えます)
【印刷所】
中央精版印刷株式会社
【製本所】
中央精版印刷株式会社

---

【表紙・扉絵】南伸坊
【フォーマット・デザイン】日下潤一
【フォーマットデジタル印字】飯塚隆士



ISBN978-4-575-66985-5 C0193
Printed in Japan